U0010999

聊齋志異

原著／蒲松齡
編撰／曾珮琦
繪圖／尤淑瑜

好讀出版

一窺《聊齋》的宗廟之美，百官之富

文／盧源淡

《聊齋志異》是值得一看再看的好書。

這部小說光在清朝就有近百種抄本、刻本、注本、評本、繪圖本，截至目前，相關詮釋與討論的文字數以億計，根據它的內容所改編的影劇與戲曲也有上百齣，而這部中文短篇小說集到現在已有將近三十種外語譯本，世界五大洲都可發現它的蹤跡。這不是好書，什麼才是好書？

我很高興此生能與這本書結下不解之緣。

小時候，我和《聊齋志異》的首度接觸，是在兒童月刊《學友》。這本雜誌會不定期刊載童話版的志怪小說，當時只覺得道人種桃、古鏡照鬼的情節很好看，根本不知道、也不會想知道這些故事是怎麼來的。另外，《良友》之類的雜誌也會穿插短篇的《聊齋》連環圖，至今還依稀記得〈偷桃〉、〈妖術〉、〈佟客〉的精彩畫面。初中時，看過樂蒂和趙雷演的《倩女幽魂》，無意間從海報認識「聊齋」這個詞彙，後來聽老師講述，這才明白以前看過的那些鬼狐仙妖，都是從這本小說孕育出來的。

五十多年前的《皇冠》雜誌偶爾也有白話《聊齋》故事，印象較深的有〈胡四娘〉、〈局詐〉等等，都改寫得非常精彩，這也激起我閱讀原文的念想。就讀大學時，曾向圖書館借到一本附有注釋的《聊齋》，不過那本書品質粗糙，不但排版草率，聊備一格的注釋對讀者也毫無助益。後來雖在書店發現一些性質類似的「精選」本，但情況毫無二致。最後好不容易買到一套手稿本，卻讀得一頭霧水，即便手邊擺著一套《辭海》，仍舊跨不過那百仞宮牆。幸好，這一盆盆的冷水並沒有完全澆熄我對《聊齋志異》的滿腔熱火。

由於《聊齋志異》的手稿本斷簡殘編，因此幾十年前學者研讀的都以「青柯亭本」或「鑄雪齋本」爲主。呂湛恩與何垠的注解本雖在道光年間就有了，但不易取得。而一般讀者看的則大多是白話改寫的選本，通常都是寥寥二三十篇，實不容易滿足向慕者的需求。一九六二年，大陸學者張友鶴主編的《聊齋誌異會校會注會評本》問世，這對專業學者與業餘讀者來說，眞不啻爲一則天大的福音，有了這套工具書，研讀《聊齋志異》就相對輕鬆多了。後來，「康熙本」、「異史本」、「二十四卷本」，還有蒲松齡的相關文物陸續被發現，這些珍貴資料爲專家開闢不少探微索隱的幽徑，也造就一波波研討的浪潮。五十多年來，世界各地專家學者針對蒲松齡及《聊齋志異》所提出的論著和輯校的圖書，就像雨後春筍般出現，如：路大荒的《蒲松齡年譜》、盛偉的《蒲松齡全集》、馬瑞芳的《聊齋志異創作論》、于天池的《蒲松齡與聊齋志異脞說》、馬振方的《聊齋藝術論》、任篤行的《全校會注集評聊齋志異》、袁世碩與徐仲偉的《蒲松齡評傳》、朱一玄的《聊齋志異資料匯編》、朱其鎧的《全本新注聊齋誌異》等，數以千計。另外還有《蒲松齡研究》季刊和不定期舉辦的研討會，爲專家提供心得發表的平臺。「蒲學」遂一時蔚成風氣，足以與國際「紅學」相頡頏。

拜「蒲學」潮流之賜，我的夙願也得以逐步實現。兩岸開放交流後，我就經常利用暑假前往大陸，不是在圖書館蒐集資料，埋首抄錄，便是到書店選購「蒲學」相關文獻。我還三度造訪淄川蒲家莊和周村畢自嚴故居，向紀念館內的專業人士請益，並流連於柳泉、綽然堂，與「短篇小說之王」作穿越時空的交心偶語。我也曾趑趄濟南的大明湖畔，想像「寒月芙蕖」的奇觀；我也曾彳亍荷澤的牡丹花徑，領略「曹國夫人」的丰采。每次返臺，行囊、衣襟盡是濃郁的書香，這才體悟到梁任公所揭櫫的道理：「任何一門學問，只要深入的研究，必能引發出趣味來。」這是我畢生最引以爲樂的個人經驗，特地在此提出來與各位讀者分享。

在紙本文字日益式微的當前，好讀出版仍不惜耗費鉅資，禮聘學者點評、作注，出版一系列古典小說，促成多本曠世名著以最新穎的編排及更精緻的內涵增進大眾閱讀樂趣。這是經營者崇高的理念，更是使命感的展現，既獲取讀者的口碑，也贏得業界的敬重。而在決定出版《聊齋志異》全集時，好讀出版精挑的專家則是曾珮琦君。

曾珮琦君是位詠絮奇才，在學期間尤其屬意於中文，國學根柢扎實深厚。就讀研究所時，專攻老莊玄學，在王邦雄教授指導下，完成論文〈《老子》「正言若反」之解釋與重建〉，取得碩士學位。另外著有《圖解老莊思想》、《樂知學苑・莊子圖解》等書，字字珠璣，鞭辟入裡，備受學界推伏。近年來，曾君醉心《聊齋志異》奼紫嫣紅的幻域，含英咀華，芬芳在頰，乃決意長期從事注譯的編撰，將這部古典巨著推薦給青年學子，目前已發行《義狐紅顏》、《倩女幽魂》兩集單冊。我發現書中注釋引經據典，精確賅備，對理解原文必有極大裨益；白話翻譯則筆觸流利，既無直譯的生澀，亦無擴寫的模糊，文白對照，可獲得閱讀樂趣，並有助國文程度提升。此外，尤淑瑜君的插畫也能引領讀者進入故事情境，頗具錦上添花之效。我相信全書殺青後，必足以在出版界占一席之地。

馮鎮巒曾在〈讀聊齋雜說〉謂：「讀聊齋，不作文章看，但作故事看，便是呆漢。」馮鎮巒是清嘉慶年間的文學評論家，這句話說得真夠犀利，同時也道出《聊齋志異》的特色。然而，從功利角度而言，但看故事實已值回書價，再涵泳辭藻便是物超所值了。總之，手執一卷，先淺出，再深入，則如倒吃甘蔗，樂即在其中矣。現在就請諸位在曾君的導覽下，跨進蒲松齡的異想世界，一窺《聊齋》的宗廟之美，百官之富。

盧源淡

淡江大學中文系畢業，桃園市私立育達高級中學退休教師，從事蒲學研究工作三十餘年。著有《詳注・精譯・細說聊齋志異》全八冊，二百七十餘萬言。

中國第一部彰顯女性地位的故事集

文／呂秋遠

在我年輕的那個世代，大學國文只有《古文觀止》可以學習；不過運氣很好，一年級下學期時，學校開放選修文學名著，我選擇了《聊齋志異》。不過，這並不是我的第一次接觸，早在小學就已經開始接觸白話文版本。

《聊齋志異》所使用的語言，並不是艱深的文言文。事實上，作者蒲松齡身處十七世紀的中國，使用的文字已經不是那麼艱澀，而且他所蒐集的故事素材，也是透過不同的訪談及自己所聽說的故事撰寫而成，因此不至於過度艱澀。

有學者以爲，《聊齋志異》這部書，是一個落魄文人對於男性情愛幻想的烏托邦故事集。然而，如果把這部小說放在十七世紀的脈絡觀察，則可以看出當時保守的中國，有多少的女權情慾流動已經躁動萌芽。在《聊齋志異》中，女鬼、狐怪往往是善良的，而男性卻有許多負心人。女性在這部書中的愛情角色是主動積極、毫不畏縮的，如果與故事中的男主角相較，更可以看出其批判禮教迂腐與封閉之處，這點在書中隨處可見。蒲松齡筆下的俠女、鬼狐、民女，都具備勇氣且勇於挑戰世俗。在那個婚姻奉媒妁之言、父母之命的年代，他藉由這些鬼怪故事，塑造出「嬰寧」、「聶小倩」、「白秋練」、「鴉頭」、「細柳」等人，她們遇到變故時總是比男性更為冷靜與機智；而男性在他筆下，無能者多、負心者眾。因此，論這部書，說它是中國第一部彰顯女性地位的故事集也不為過。

因此，我們可以輕鬆的來閱讀《聊齋志異》，但是當我們讀這些精彩俠女復仇記，或狐仙助人記的同時，別忘了，蒲松齡隱藏在故事中，想要說、卻不容於當時的潛言語其實是——女性的千言萬語。

呂秋遠

宇達經貿法律事務所律師、東吳大學社工系兼任助理教授。雖為法律背景，然國學根柢深厚，近年經常在ＦＢ臉書以娓娓道來的敘事之筆分享經手案例與時事觀察，筆力之雄健、觀點之風格化，贏得了「臺灣最會說故事的律師」讚譽。

熱愛文字與分享，著有《噬罪人》《噬罪人II：試煉》二書，曾於書中提到「希望讀者在書中找到自己人性的歸屬，也可以理解天使與惡魔的試煉，都是不容易通過的。如果能因此讓自己更自在，則一切的經驗分享也就值得了」，巧妙的與蒲松齡在《聊齋志異二‧倩女幽魂》〈蓮香〉一文中的精闢結論，若合符節——「唉！死者求生，生者又求死，天底下最難得的，難道不是人身嗎？只可惜，擁有人身者往往不懂珍惜，以至於活著不知廉恥，還不如一隻狐狸；死的時候悄無聲息，還不如一個鬼。」

讀鬼狐精怪故事 讀懂蒲松齡用心

文／曾珮琦

談到《聊齋志異》這部小說（共四百九十一篇故事），給人的印象大多是講述些鬼狐精怪故事，歷來更有不少故事被改編成影視作品（且風行不輟、改編不斷）——其中最膾炙人口的是〈聶小倩〉，講述書生與女鬼之間的戀愛故事；〈畫皮〉也被改編爲電影，然原本故事僅講述女鬼變化成美女迷惑男子，裡面並無愛情成分。無論是人鬼戀，抑或鬼怪迷惑男子的故事，《聊齋志異》的作者蒲松齡，於屢次科舉失意後日益醉心蒐羅並撰寫鬼狐精怪、奇聞「異」事，其眞正用意不只是談狐說鬼，而想藉由這些故事諷刺當時官僚的腐敗、揭露科舉制度的弊病，反映出社會現實。

書裡收錄的各短篇故事，均爲奇聞異事，情節有趣、奇妙且精彩，不僅滿足讀者一窺天底下新鮮事的好奇心，還寓有教化世人、懲惡揚善的意涵，這也是這部古典文言文小說能從清朝流傳至今逾三百年的原因。當我們隨著蒲松齡的筆鋒遊覽神鬼妖狐的世界時，或可一邊思考故事背後隱含的思想，這些思想，很可能才是作者眞正想透過故事傳達的。

不過，《聊齋志異》中除了宣揚教化、諷刺世俗的故事，確實不乏浪漫純眞的愛情故事，如〈小翠〉、〈青鳳〉、〈聶小倩〉等均歌頌了人狐戀，意寓眞摯的愛情本質並不爲人狐之間的界限所侷限，此等故事相當感人。

《聊齋志異》第一位知音——清初詩壇領袖王士禎

至於蒲松齡的寫作素材來自哪裡？他是將聽聞來的鄉野怪譚予以編撰、整理，亦有各地同好提供故事題材。他蒐羅故事的經過，傳說是在路邊設一個茶棚，免費提供茶水給過路旅客，條件是要講一個故事（但也有人認爲不太可能，因他一生一直爲生計奔忙，在別人家中設館教書，怎有空擺攤）。明末清初，蒲松齡的家鄉山東慘遭兵禍，當時屍橫遍野，於是流傳了許多鬼怪傳說，由此成了他寫作的題材。

《聊齋志異》這部小說在當時即聲名大噪，知名文人王士禎對此書更是大力推崇。王士禎（一六三四～一七一一），小名豫孫，字貽上，號阮亭，別號漁洋山人，人稱王漁洋，諡文簡。蒲松齡在四十八歲時結識了這位當時詩壇領袖，王士禎讀了《聊齋志異》後十分欣賞，爲之題了一首詩：「**姑妄言之姑聽之，豆棚瓜架雨如絲。料應厭作人間語，愛聽秋墳鬼唱時（詩）。**」不僅如此，王士禎也爲書中多篇故事做了評點，足見他對此書的喜愛，而其評點文字的藝術性之高，亦廣泛成爲後代文人研究分析的主題。蒲松齡對此甚感榮幸，認爲王士禎是眞懂他，亦做了詩回贈：「志異書成共笑之，布袍蕭索鬢如絲。十年頗得黃州意，冷雨寒燈夜話時。」還將王士禎所做的評點，抄錄收進書中。王士禎的評點融入了他個人對小說創作的理論與審美觀點，這點影響了後世《聊齋志異》的評點家，如馮鎭巒等人。王氏評點貢獻有三：一、評論小說的藝術描寫與生活寫實。二、評論小說中人物形象的刻畫（然，他的評點往往過於簡略，未切合重點）。三、總結與簡述《聊齋志異》裡頭的佳作，所使用的高超寫作手法與傑出藝術成就。例如，他將〈連瑣〉評爲「結而不盡，甚妙」，點出小說的敘事手法，亦表達出他的小說美學觀點。

在介紹《聊齋志異》這部小說前，先來談談作者蒲松齡的生平經歷。他是個懷才不遇的文人，參加鄉試屢次落榜，於是一邊教書，一邊將精力放在編寫奇聞怪譚故事上。讀這部書，可發現蒲松齡實際上將自己的人生經歷與思想寄託在其中——例如〈葉生〉，便是講述一個於科舉考試屢屢名落孫山的讀書人，而後遇到一個欣賞他才華的知府。後來他病重，知府正好在此時罷官準備還鄉，想等葉生一起回去。葉生後來雖病死，魂魄卻跟隨知府一起返鄉，並教導知府的兒子讀書，知府的兒子一舉中榜，這全是葉生的功勞。以此故事對照蒲松齡的經歷來看，可發現他屢經落榜挫折時，也曾受到江蘇寶應知縣孫蕙（字樹百）的青睞，邀他前往擔任文書幕僚，也就是俗稱的「師爺」，兩人不僅是長官與下屬關係，更是知己好友；也正是在此時，蒲松齡看盡了官場黑暗，對那些貪官汙吏、地方權貴深惡痛絕。

在〈成仙〉中，地方權貴與官府勾結，將成生的好友周生誣陷下獄，還隨便編派罪名，要置他於死地；於是成生後來看破世情，出家修道。蒲松齡本人並未如主人翁成生那樣出家修道，反倒將心中的憤懣不平，藉著他手上那支文人的筆宣洩出來。足見，《聊齋志異》不僅寫鬼狐精怪、奇聞異事，更抒發了蒲松齡懷才不遇的苦悶。難怪他在〈聊齋自誌〉中要說「三閭氏感而為騷」，意即將自己比喻成屈原——屈原被楚懷王放逐後，才作了《離騷》；同樣的，蒲松齡也因失意於考場，才編著了《聊齋志異》。

《聊齋志異》的勸世思想——佛教、儒家、道家及道教兼有之

蒲松齡除了將自己人生經歷融入這些奇聞怪譚中，還不忘傳遞儒釋道三教的懲惡揚善思想。如〈畫壁〉，故事主人翁是一名朱姓舉人，和朋友偶然經過一間寺廟，進去參觀，看到牆上壁畫有位美女，心中頓時起了淫念，隨後進入畫中世界展開一段奇妙旅程。朱舉人在壁畫幻境中，與裡面的美女相好，但擔心被那裡的金甲武士發現，最後躲了起來。朱舉人心中非常恐懼害怕，最後經寺廟中的老和尚敲壁提醒，才總算從壁畫世

界逃了出來，脫離險境。蒲松齡在故事末尾評論道：「**人有淫心，是生褻境；人有褻心，是生怖境。**」（人心中有淫思慾念，眼前所見就是如此；人有淫穢之心，故顯現恐怖景象。）

可見，是善是惡，皆來自人心一念，此種思想頗似佛教所謂的「一念三千」。「一念三千」是指，我們在日夜間所起的一念心，必屬十法界中之某一法界，與殺生等之瞋恚心相應的是地獄界，與貪欲相應的是餓鬼界。所以，顯現在我們眼前的是哪一個法界，源於我們心中起的是什麼樣的心念。〈畫壁〉一文，不僅蘊含了佛教哲理，苦口婆心勸戒世人莫做苟且之事，通篇還使用許多佛教詞彙，足見蒲松齡佛學涵養之深厚。

至於蒲松齡的政治理想，則是孔孟所提倡的仁政——他尊崇儒家的仁義禮智，講求道德實踐，因此《聊齋志異》書中時常可見懲惡揚善的思想。值得注意的是，孔孟所提倡的仁義禮智，並非外在教條，而要我們發自內心理性的自我要求。《孟子．告子上》提到：「**仁義禮智，非由外鑠我也，我固有之也，弗思耳矣。**」（仁義禮智，不是由外在的制約逼迫、強制自己必須這麼做，而是我發自內心想這麼做。）孟子還舉了個例子——只要是人見到一個小孩快掉進井裡，都會無條件的衝過去救他。這麼做不是想博得美名，也不是想巴結小孩的父母，純粹只是不忍小孩掉進井裡溺死罷了。

這個「不忍人之心」，每個人生下來即有，也就是孔子所說的「仁心」。而孟子將此仁心的十字打開，發展成「仁義禮智」，其實此四者簡言之，就是「仁」而已。清代政治腐敗，貪官汙吏横行，權貴爲一己私慾，不惜傷害別人，甚至做出剝奪他人生存權利之事。孔孟所提倡的仁政與道德蕩然無存，這些貪官汙吏無視、更無法實踐，實是人心墮落與放縱私慾的結果。蒲松齡有感於此，藉著這些鄉野奇譚，寄寓了諷刺當時政治腐敗與人心黑暗的想法。因而，《聊齋志異》不僅是志怪小說，更是一部寓言。書中可看出蒲松齡試圖撥亂反正、爲百姓伸張正義的苦心；現實生活中的他無能爲力，只好將此憤懣不平心緒，藉自己的筆寫出，宣洩在小說中。

此外，《聊齋志異》也涵蓋了道家與道教的思想，像是書中時常可見《莊子》的詞彙與典故，亦有神仙方術、洞天福地等道教色彩。老莊等道家哲學，是以「道」爲中心開展的哲學，追求人的心靈之自由自在，解消人的身體或形體對我們心靈帶來的束縛。而道教則認爲，人可以透過神仙方術長生不老、飛升成仙。《聊齋志異》書中多篇故事，於是出現了懂得奇門遁甲法術、捉妖收妖、符咒的道士，這些奇幻的神仙色彩，增添了故事的精彩與可讀性，也讓後世之人改編成影視作品時有更多想像空間。

《聊齋志異》寫作體裁——筆記小說＋唐代傳奇

大陸學者馬積高、黃鈞主編的《中國古代文學史》，將《聊齋志異》分成三種體裁：一、短篇小說體：主要描寫主角人物的生平遭遇，篇幅較長，細膩刻畫了人物性格及曲折戲劇化的故事情節，此類作品有〈嬌娜〉、〈成仙〉等。二、散記特寫體：重點在於記述某事件，不著墨於人物刻畫，此則受到古代記事散文的影響，此類作品有〈偷桃〉、〈狐嫁女〉、〈考城隍〉等。三、隨筆寓言體：篇幅短小，將所聽之事記錄下來，並寄寓思想在其中，此類作品有〈夏雪〉、〈快刀〉等。

《聊齋志異》深受魏晉南北朝筆記小說、唐代傳奇小說的影響。筆記小說，是隨筆記錄下聽到的故事，比較像在記筆記，篇幅短小。此種小說乃受史書體例影響，十分重視將事件確實記錄下來，而非有意識的創作小說；且多爲志怪小說，又以干寶的《搜神記》最著名。《聊齋志異》裡頭有多篇保留了筆記小說特點的篇幅短小故事，如〈蛇癖〉、〈眞定女〉等。

唐代傳奇，則是文人有意識的創作小說，內容是虛構的、想像的，題材有志怪、愛情、俠義、歷史等等。像是《聊齋志異》中的〈葉生〉，葉生死後，魂魄隨知己丁乘鶴返鄉，直到回家看見屍體，才發現自己已死；此種離魂情節，乃受到唐傳奇陳玄祐〈離魂記〉的影響。由此可見，蒲松齡無論在創作手法或故事題材上，無不受到古代小說影響，此乃《聊齋志異》之承先。

《聊齋志異》之啓後在於，蒲松齡將六朝志怪與唐宋傳奇小說的主要特色融爲一體，給予後世小說家很大啓發，進而出現許多效仿之作，如清代乾隆年間沈起鳳的《諧鐸》、邦額的《夜譚隨錄》等，以及現代諸多影視作品。不過值得注意的是，改編後的電影或戲劇，爲了情節精彩與內容多樣化，不一定按照原著思想精神呈現，若想了解《聊齋志異》的原貌，實應回歸原典，才能體會蒲松齡寄寓其中的思想精神與用心。

此次，爲讓現代讀者輕鬆徜徉《聊齋志異》的志怪玄幻世界，才有了這套書的編撰，畢竟古典文言文小說在我們現代人讀來相當艱澀且陌生。因此，除收錄「原典」，還加上了「評點」、「白話翻譯」、「注釋」。其中，評點部分要感謝元智大學中國語文學系兼任助理教授張柏恩（研究專長：文學批評、古典詩詞創作、明清詩學）、北京師範大學珠海分校文學院講師劉學倫（研究專長：古籍編輯研究、元明清文學作品），提供了許多寶貴資料，特在此銘誌感謝。至於白話翻譯，儘管已盡量貼近原典，然而任何一種翻譯都是主觀詮釋，裡頭融合了編撰者本身的社會背景、文化思想等因素，這些都會影響對經典的理解。但這並不是說白話翻譯不可信，而想提醒讀者，本書白話翻譯僅止於一種詮釋觀點，並不能與原典畫上等號。眞正的原典精華，只有待讀者自己去找尋了。

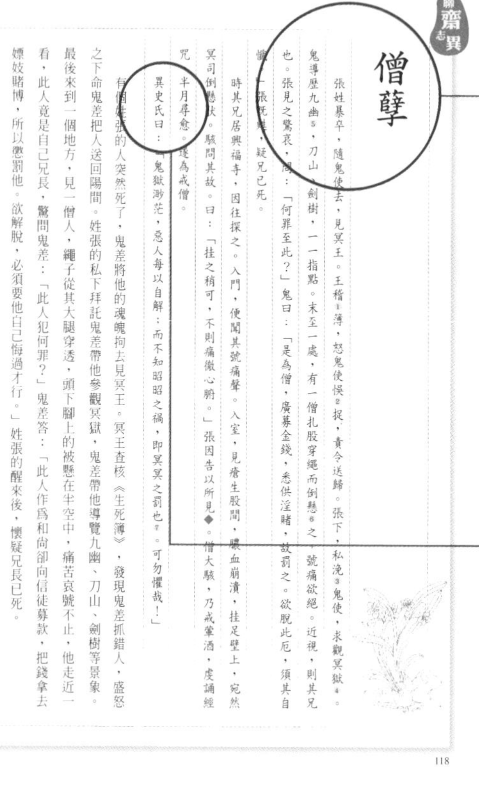

聊齋志異

僧孽

張姓暴卒，隨鬼使去，見冥王。王稽[1]簿，怒鬼使悞[2]捉，責令送歸。張下，私浼[3]鬼使，求觀冥獄[4]。鬼導歷九幽[5]，刀山、劍樹，一一指點。末至一處，有一僧扎股穿繩而倒懸[6]之，號痛欲絕。近視，則其兄也。張見之驚哀，問：「何罪至此？」鬼曰：「是為僧，廣募金錢，悉供淫賭，故罰之。欲脫此厄，須其自懺。」張既甦，疑兄已死。

時其兄居興福寺，因往探之。入門，便聞其號痛聲。入室，見瘡生股間，膿血崩潰，挂足壁上，宛然冥司倒懸狀。駭問其故。曰：「挂之稍可，不則痛徹心腑。」張因告以所見。僧大駭，乃戒葷酒，虔誦經咒。半月尋愈。遂為戒僧。

異史氏曰：「鬼獄渺茫，惡人每以自解；而不知昭昭之禍，即冥冥之罰也[7]。可勿懼哉！」

有個姓張的人突然死了，鬼差將他的魂魄拘去見冥王。冥王查核《生死簿》，發現鬼差抓錯人，盛怒之下命鬼差把人送回陽間。姓張的私下拜託鬼差帶他參觀冥獄，鬼差帶他導覽九幽、刀山、劍樹等景象。最後來到一個地方，見一僧人，繩子從其大腿穿透，頭下腳上的被懸在半空中，痛苦哀號不止，他走近一看，此人竟是自己兄長，驚問鬼差：「此人犯何罪？」鬼差答：「此人作為和尚卻向信徒募款，把錢拿去嫖妓賭博，所以懲罰他。欲解脫，必須要他自己悔過才行。」姓張的醒來後，懷疑兄長已死。

118

原典，值得信賴

原典以一九九一年里仁書局出版的張友鶴《聊齋誌異會校會注會評本》（簡稱《三會本》）為底本。

張友鶴是以蒲松齡的半部手稿本，以及鑄雪齋抄本（乾隆十六年抄本，抄者為歷城張希傑）為主要底本，從而編輯了《三會本》。他的版本最為完整，且融合了多家的校注、評點，極富參考與研究價值。

好讀版本的《聊齋志異》，為求彩圖與文章流暢搭配之版面安排，每卷裡頭的文章或有可能調動次序，尚祈見諒。

「異史氏曰」，真有意思

《聊齋志異》有些故事在正文結束後，會有一段以「異史氏曰」開頭的文字，這是蒲松齡對故事及人物所做評論，或是陳述他自己的觀點、見解（但他亦有些評論，不見得都冠上「異史氏曰」）。這種作法沿用自史書，如《史記》的「太史公曰」，即司馬遷自己的評論。值得注意的是，有些「異史氏曰」相關文字，不僅僅做評論，還會再加附其他故事，以與正文的故事相應和。

文章中除了蒲松齡自己的評論，亦可見以「友人云」為開頭的親友評論，其中最常出現的是蒲松齡文友王士禎以「王阮亭云」或「王漁洋云」為開頭的評論；這些評論由蒲松齡親自收錄在文章中，與後世所作評點不同。

注釋解析，增進中文造詣

針對原典中的艱難字詞加注，既有助讀者領略古人的用語，亦可賞讀蒲松齡作文之美。每條注釋，均扣緊原典的上下文文意而注，惟該字詞自有它用在別處的可能解釋，注釋意涵恐無法盡括。

注釋盡可能跟隨原典擺放，以收對照查看之效。

白話翻譯，助讀懂故事

為了讓讀者能輕鬆閱讀，每篇故事均附白話翻譯（採取意譯，非逐句逐字譯）。

值得注意的是，由於《聊齋志異》為古典文言文短篇小說集，作者蒲松齡講述故事時有時過於精簡，白話翻譯將視情況需要，於貼合原典的準則下，增加一些補述，以求上下文語意完整。

插圖，圖文共賞不枯燥

為了更增《聊齋志異》故事閱讀的生動，一方面盡可能收錄晚清時期珍貴的《聊齋志異圖詠》線稿圖畫，另方面亦邀請廿一世紀新生代繪者尤淑瑜，以藝術家的眼光、樸實的全彩筆觸，讓故事場景更加躍然紙上。

評點，有助理解故事

評點，是中國獨特的文學批評形式，近似讀書心得或讀書筆記。礙於篇幅關係，無法將《三會本》所收錄的評點全都附上，每篇僅擇最切合故事要旨、或發人深省哲思的一家評點，供讀者參考。由於《聊齋志異》並非每篇故事都有評點，若無，即從缺。

常見的代表性評點有與蒲松齡同時代的王士禎評本（清康熙年間）、馮鎮巒評本（清嘉慶年間）、何守奇評本（約清道光年間），以及但明倫評本（清道光年間）。其中，以馮、但這兩家的評點特別能顯出故事中隱藏的思想精神，他們皆以儒家的道德實踐為準則，著重揭露蒲松齡寫作的思想要旨、故事中人物的心理活動，同時也涉及社會現象等層面。

他前往兄長居住的興福寺探望，剛進門，便聽見兄長正痛苦哀號。走進內室，看到兄長的大腿長了膿瘡，膿血從傷口流出，雙腳懸掛在牆壁上，一如他在冥府所見。他驚訝的問兄長為何將自己倒掛在牆上？兄長回答：「若不這樣倒掛，將痛徹心扉。」姓張的便把在冥府所見所聞告知兄長。和尚非常震驚，立刻戒掉葷酒，虔誠誦經。不過半個月，病已痊癒，從此成為一名戒僧。

記下奇聞異事的作者如是說：「做壞事的人，以為鬼獄不過是傳說而已，哪裡知道人世間的禍患，即來自幽冥的處罰。」

1 稽：查核、稽查。
2 悮：出了差錯。同今「誤」字，是誤的異體字。
3 浼：讀作「每」，拜託、請求。
4 冥獄：人死後，受刑的牢獄。
5 九幽：原指極深暗的地底，此處指九泉之下，囚禁鬼魂之地。
6 扎股穿繩：以繩子穿過大腿。扎，穿孔、穿洞。股，大腿。倒懸：人的腳被繩子綁住，頭下腳上的被吊掛在半空中。
7 昭昭：人世間。冥冥：陰間、地府。

◆**但明倫評點**：生時痛苦，即是陰罰；焉得見者而告之，使孽海眾生，翻然而登彼岸。

活著時受苦，正是來自冥獄的處罰，豈能讓你看到了解，使陷落在苦海的芸芸眾生，幡然悔悟而得解脫。

目次

專文推薦……004
導讀……010
本書使用方法……018
唐序……022
聊齋自誌……027

【卷十一】

狐女……034
段氏……038
男妾……045
張氏婦……048
汪可受……051
于子游……054
王大……056
牛犢……066
樂仲……068
香玉……081
三仙……095
鬼隸……099
外國人……101
王十……103

大男……111
韋公子……122
石清虛……129
曾友于……137
嘉平公子……151

【卷十二】

二班……160
車夫……165
乩仙……166
苗生……168
蠍客……175
杜小雷……177
毛大福……180
雹神……185
李八缸……189
老龍船戶……194
青城婦……198
鴞鳥……200
古瓶……205
元少先生……209

唐序[1]

諺有之云：「見橐駝謂馬腫背[2]。」此言雖小，可以喻大矣。夫[3]人以目所見者為有，所不見者為無。曰，此其常也；倏有而倏無則怪之。至於草木之榮落，昆蟲之變化，倏有倏無，又不之怪；而獨于神龍則怪之。彼萬竅之刁刁[4]，百川之活活，無所持之而動，無所激之而鳴，豈非怪乎？又習而安焉。獨至於鬼狐則怪之，至於人則又不怪。夫人，則亦誰持之而動，誰激之而鳴者乎？莫不曰：「我實為之。」

夫我之所以為我者，目能視而不能視其所以視，耳能聞而不能聞其所以聞，而況於聞見所不能及者乎？夫聞見所及以為有，所不及以為無，其為聞見也幾何矣。人之言曰：「有形形者，有物物者。」而不知有以無形為形，無物為物者。夫無形無物，則耳目窮矣，而不可謂之無也。有見蚊睫者，有不見泰山者；有聞蟻鬪[5]者，有不聞雷鳴者。見聞之不同者，聾瞽[6]未可妄論也。

自小儒為「人死如風火散」之說[7]，而原始要終之道，不明於天下；於是所見者愈少，所怪者愈多，而「馬腫背」之說昌行於天下。無可如何，輒以「孔子不語[8]」一詞了之，而齊諧[9]志怪，虞初[10]記異之編，疑之者參半矣。不知孔子之所不語者，乃中人以下不可得而聞者耳[11]，而謂《春秋》[12]盡刪怪神哉！

留仙蒲子[13]，幼而穎異，長而特達。下筆風起雲湧，能為載記之言。於制藝舉業[14]之暇，凡所

見聞，輒為筆記，大要多鬼狐怪異之事。向得其一卷，輒為同人取去；今再得其一卷 之，凡為余所習知者，十之三四，最足以破小儒拘墟之見，而與夏蟲語冰也[15]。余謂事無論常怪，但以有害於人者為妖。故日食星隕，鷁飛鵒巢[16]，石言龍鬬，不可謂異；惟土木甲兵[17]之不時，與亂臣賊子，乃為妖異耳。今觀留仙所著，其論斷大義，皆本於賞善罰淫與安義命之旨，足以開物而成務[18]；正如揚雲《法言》[19]，桓譚[20]謂其必傳矣。

康熙壬戌仲秋既望[21]，豹岩樵史唐夢賚拜題

1唐序：唐夢賚為《聊齋志異》所作的序。唐夢賚（讀作「賴」），字濟武，號嵐亭，別字豹岩，山東淄川人，是蒲松齡的同鄉，兩人交情甚好。唐夢賚是清世祖順治六年（西元一六四九年）進士，授庶吉士；八年，授翰林院檢討，九年罷歸，那時他才廿六歲，從此著書作文，閒居鄉里。

2見橐駝謂馬腫背：看到駱駝以為是腫背的馬。橐駝，讀作「陀陀」，駱駝的別名。

3夫：讀作「福」，發語詞，無義。

4萬竅：世間所有的孔洞，如山谷、洞穴等。典出《莊子・齊物論》：「夫大塊噫氣，其名為風。是唯无作，作則萬竅怒號。」（大地間的呼吸，人們稱為風。要不就是靜止無聲，然而一旦吹起，世間的孔洞都會隨風怒號。）刁刁：草木動搖的樣子。

5鬬：同今「鬥」字，是鬥的異體字。

6瞽：讀作「古」，盲眼，眼睛看不見。

7小儒：指眼界短淺的普通讀書人。人死如風火散：與「人死如燈滅」同義，人死了就如同燈火熄滅，什麼也沒有。

8孔子不語：典出《論語・述而》：「子不語怪，力，亂，神。」（孔子不談論神怪以及死後之事。）

9齊諧：古代志怪之書，專記載一些神怪故事，另一說為人名；後代志怪之書多以此為書名，如《齊諧記》、《續齊諧記》。

10虞初：西漢河南人，志怪小說家。

11乃中人以下不可得而聞者耳：典出《論語・庸也》，子曰：「中人以上，可以語上也；中人以下，不可以語上也。」（中等資質以上的人，可以告訴他較高的學問；

中等資質以下的人，不可以告訴他較高的學問。）

12 春秋：書名，孔子據魯史修訂而成，為編年體史書；所記起自魯隱公元年，迄魯哀公十四年，共二百四十二年；其書常以一字一語之褒貶，寓微言大義；因其記載春秋魯國十二公的史事，故也稱為「十二經」。

13 留仙蒲子：指蒲松齡。

14 制藝舉業：科舉考試。藝：即時藝，指八股文，科舉考試所用的文體。

15 破小儒拘墟之見，而與夏蟲語冰也：破解一般讀書人的見識淺薄，進而談論超出見識的事物。拘墟之見、夏蟲語冰，典故皆出自《莊子．秋水篇》：「井鼃（同「蛙」字）不可以語於海者，拘於虛也；夏蟲不可以語於冰者，篤於時也。」（不可以跟井底的青蛙說海的廣大，這是受空間所限制；不可以跟夏蟲說冬天的寒冷，這是受時間的限制。）

16 鸐飛鴝巢：鸐鳥飛到八哥的巢中，意指超出常理的怪異之事，因為八哥生活在樹上，而鸐是水鳥，兩者生活領域不相同，鸐卻飛到了八哥的巢。鸐，讀作「義」，一種水鳥。鴝，指雊鴝（讀作「鉤玉」），八哥的別名。

17 土木甲兵：此應指天災與兵災戰亂。甲兵，原指鎧甲和兵械，後引申為戰亂、戰爭。

18 開物而成務：開通萬物之理，使人事各得其宜，語出《易經．繫辭上》：「夫易，開物成務，冒天下之道，如斯而已者也。」（人如果通曉周易卦象之理，就可以了解萬物的紋理，社會的各種領域、制度，都脫不了周易所涵蓋的範圍）。

19 揚雲《法言》：模擬《論語》語錄體裁而寫成的一部著作，內容是傳統的儒家思想；由揚雄所作，此處揚雲可能為筆誤。揚雄，字子雲，原本寫為楊雄，蜀郡成都（今四川成都郫都區）人，乃西漢哲學家、文學家、語言學家。

20 桓譚：人名，字君山，東漢相人，生卒年不詳；博學多通，遍習五經，能文章，光武朝官給事中，力諫讖書之不正，帝怒，出為六安郡丞，道卒；著《新論》二十九篇。

21 康熙壬戌：康熙二十一年，即西元一六八二年。仲秋：農曆八月。既望：農曆十五為望，十六為既望。

白話翻譯

俗諺說：「看到駱駝，以爲是腫背的馬。」這句話雖只是嘲諷那些不識駱駝的人，但也可廣泛用以比喻見識淺薄之人。一般人認爲看得見的東西才是眞實的，看不見的東西就是虛幻、不存在的。我說，這是人之常情；認爲一下子在，一下子又消失，是怪異現象。那麼，草木榮枯、花開花落、昆蟲的生長變化，也是一下子在，一下子消失，一般人卻又不覺怪異；唯獨認爲鬼神龍怪才是異事。世上的洞穴呼號、草木搖擺、百川流動，都毋需人相助即自行運作，沒有人刺激就自行鳴叫，難道這些現象不奇怪嗎？世人卻習以爲常。只認爲鬼怪狐妖是怪異的，但提到人，又不覺得奇怪。人的存在與行爲，又是誰來相助，誰來刺激的呢？一般人都會說：「這本來就是如此。」

我之所以是我，眼睛能看、卻看不見之所以讓我能看的原因；耳朵能聽、卻聽不到讓我之所以能聽的緣由，更何況，是那些看不見、聽不到的東西呢？能用感官加以經驗認識，就以爲是眞實，無法用感官去經驗認識，就以爲不存在；然而，能被感官認識的事物實則有限。有人說：「有形的東西必有形象，具體的東西才是眞實。」卻不知世間存有以無形爲有形，以不存在爲存在的事物。那些沒有形象、沒有具體的事物，乃礙於我們眼睛與耳朵的限制而無法認識，不能因此就說它們不存在。有人看得見蚊子睫毛這類細小的東西，卻也有人看不見泰山這麼大的事物；有人聽得到螞蟻的打鬥聲，卻也有人聽不到雷鳴。這都是因爲看見的東西與聽到的聲音有所不同罷了，不能因爲看不見某些事物就說他是瞎子，也不能因爲聽不到某些聲音就說他是聾子。

自從有些見識淺陋的讀書人提出「人死如風火散」的說法以後，探究世間事物發展始末的學問，就無法盛行於天下了；於是人們能看見的東西越來越少，覺得怪異的事也越來越

多，於是「以為駱駝是腫背的馬」這類說詞充斥周遭。最後無可奈何，只好拿「孔子不語怪力亂神」這句話來敷衍搪塞。至於對齊諧志怪、虞初記異故事懷疑不信的人，至少也占了一半。這些人不了解，孔子所謂「不語怪力亂神」是指——中等資質以下的人即使聽了也不懂，還當作是《春秋》把怪神故事全都刪除了呢！

蒲留仙這個人，自幼聰穎，長大後更傑出。下筆如風起雲湧，有辦法將這類怪異故事記載下來。攻讀科舉考試閒暇之時，凡有見聞，便寫成筆記小說，大多是鬼狐怪異這類故事。之前我曾得到其中一卷，後來被人拿去；現在又再得一卷閱覽。凡我所讀到習得的事，十件裡有三、四件足可打破一般井底之蛙的見識，還能觸及耳目感官所不能經驗的事。我認為，無論是我們習以為常或怪奇難解的世事，其中只要對人有害，就是妖異。因此，日蝕與流星、水鳥飛到八哥巢中、石頭開口說話、龍打架互鬥之事，都不能算是妖異；只有天災人害、戰亂兵禍與亂臣賊子，才算妖孽。我讀留仙所寫故事，大意要旨皆源自賞善罰惡與安身立命之言論，適足以開通萬物之理；正如東漢的桓譚曾經說過，揚雄的《法言》必能流傳後世。

康熙二十一年農曆八月十六，豹岩樵史唐夢賚拜題

聊齋自誌

披蘿帶荔[1]，三閭氏感而為騷[2]；牛鬼蛇神，長爪郎[3]吟而成癖。自鳴天籟[4]，不擇好音[5]，有由然矣。松[6]落落秋螢之火，魑魅[7]爭光；逐逐野馬之塵[8]，罔兩[9]見笑。才非干寶，雅愛搜神[10]；情類黃州[11]，喜人談鬼。聞則命筆，遂以成編。久之，四方同人，又以郵筒相寄，因而物以好聚，所積益夥。甚者：人非化外，事或奇于斷髮之鄉[12]；睫在眼前，怪有過于飛頭之國[13]。遄飛逸興[14]，狂固難辭；永托曠懷，癡且不諱。展如之人[15]，得毋向我胡盧[16]耶？然五父衢[17]頭，或涉濫聽[18]；而三生石[19]上，頗悟前因。放縱之言，有未可概以人廢者。

松懸弧[20]時，先大人[21]夢一病瘠瞿曇[22]，偏袒[23]入室，藥膏如錢，圓黏乳際。寤[24]而松生，果符墨誌[25]。且也：少羸[26]多病，長命不猶。門庭之淒寂，則冷淡如僧；筆墨之耕耘，則蕭條似缽。每搔頭自念：勿亦面壁人[27]果是吾前身耶？蓋有漏根因[28]，未結人天之果[29]；而隨風蕩墮，竟成藩溷[30]之花。茫茫六道[31]，何可謂無理哉！獨是子夜熒熒[32]，燈昏欲蕊；蕭齋[33]瑟瑟，案冷凝冰。集腋為裘[34]，妄續幽冥之錄[35]；浮白載筆[36]，僅成孤憤[37]之書：寄托[38]如此，亦足悲矣！嗟乎！驚霜寒雀，抱樹無溫；弔月秋蟲，偎闌自熱。知我者，其在青林黑塞[39]間乎！

康熙己未[40]春日。

1 披蘿帶荔：語出《九歌》中的〈山鬼〉：「若有人兮山之阿，披薜荔兮帶女蘿。」這是指出沒在野外的山鬼，而薜荔、女蘿皆植物名。《九歌》原為南方楚地祭祀用的樂歌，經屈原潤色而成。分別為〈東皇太一〉〈雲中君〉〈湘君〉〈湘夫人〉〈大司命〉〈少司命〉〈東君〉〈河伯〉〈山鬼〉〈國殤〉及〈禮魂〉等十一篇。

2 三閭氏感而為騷：三閭氏，指屈原，他曾擔任楚國的三閭大夫。騷，指《離騷》，是屈原被楚懷王放逐漢水之北時所作自傳，抒發其懷才不遇的苦悶心情，以及理想抱負不得施展的悲苦。（編撰者按：蒲松齡之所以在作者自序中提及屈原所作《離騷》，可能是因他與屈原遭遇相似—蒲松齡鄉試落榜，正如空有滿腔抱負、卻不得君王重用的屈原。）

3 長爪郎：指唐朝詩人李賀，有「詩鬼」之稱；因其指爪長，故稱為「長爪郎」。

4 天籟：典故出自《莊子．齊物論》：「夫吹萬不同，而使其自己也。」天籟是無聲之聲，天籟因其無聲給出了一個空間，讓大自然的各種孔竅洞穴能發出聲音。此處指渾然天成的優秀詩作。

5 不擇好音：指這些作品雖好，卻不受世俗認可。

6 松：指本書作者，蒲松齡的自稱。

7 魑魅：讀作「癡媚」，山野中的鬼怪精靈。

8 野馬之塵：本意為塵土，此處指視科舉功名若塵土。

9 罔兩：亦作「魍魎」，山川草木中的鬼怪精靈。

10 才非干寶，雅愛搜神：不敢說自己才比干寶，只酷愛些鬼怪奇談而已。干寶，是東晉編集《搜神記》的作者，此書蒐羅了一些志怪故事，為中國古代志怪故事代表作。

11 黃州：指蘇軾，自子瞻，號東坡居士。蘇軾在宋神宗元豐二年（西元一〇六九年）因烏臺詩案獲罪，次年被貶謫黃州。他曾寫詩自嘲：「問汝平生功業，黃州惠州儋州。」

12 化外、斷髮之鄉：皆指未受教化的蠻夷之地。

13 飛頭之國：古代神話中，人首能夠分離、且會飛的奇異國度。

14 遄飛逸興：很有興致，欲罷不能。遄，讀作「船」，迅速。

15 展如之人：真摯、誠懇之人。依照上下文意，應指那些只相信現實經驗、而不相信那些奇幻國度的人。

16 胡盧：笑聲。

17 五父衢：路名，在今山東曲阜東南。孔子不知其生父所葬之地，而將母親葬於此處。衢，讀作「渠」，通達四方的大路。

18 濫聽：不實的傳聞。

19 三生石：宣揚佛教輪迴觀念的故事。佛教認為人沒有靈魂，但今生所造的業，會帶到來生。人今生今世所受的果報，無論善或惡，皆由過去累世累劫積累而成，而今生所造的業，亦影響來生所承受的果報。

20 懸弧：古人若生男孩，便將弓懸掛在門的左邊。

21 先大人：蒲松齡的先父。

22 瞿曇：梵文，讀作「渠談」，為釋迦牟尼佛的俗家姓氏，此處指僧人。

23 偏袒：佛家語，指僧侶。原指古印度尊敬對方的禮法，後為佛教沿用，僧侶在拜見佛陀時，須穿著露出右肩的袈裟以示尊敬；但平時佛教徒所穿袈裟，則無偏袒。

袒，讀作「坦」，裸露之意。

24 寤：讀作「物」，醒來、睡醒。

25 果符墨誌：與蒲松齡父親夢中所見僧人的胸前特徵相符——「藥膏如錢，圓黏乳際」。墨誌，指黑痣。

26 少羸：年少時，身體瘦弱。羸，讀作「雷」。

27 面壁人：和尚坐禪修行，稱為面壁。面壁人，代指和尚、僧人。

28 有漏根因：佛家語。有漏，由梵語轉譯，是流失、漏泄之意，意即煩惱。有漏因，即招致三界（欲界、色界、無色界）果報的業因，語出景德傳燈錄卷三菩提達磨章（大五一・二一九上）：「帝曰：『何以無功德？』師曰：『此但人天小果，有漏之因，如影隨形，雖有非實。』」原文中並無「根」字。

欲界，指一切有情眾生所住之世界，地獄、餓鬼、畜生、阿修羅、人、六欲天皆屬此。欲界之有情，是指有食欲、淫欲、睡眠欲等。

色界之眾生脫離淫欲，不著穢惡之色法，此界之天眾無男女之別，其衣是自然而至，而以光明為食物及語言。

無色界，指超越物質現象經驗之世界，此界之有情眾生，沒有無色法、場所，無空間高下之分別。

29 人天之果：佛家語。有漏之業的善果。

30 藩溷：籬笆和茅坑。溷，讀作「混」。

31 六道：佛家語。眾生往生後各依其業前往相應的世界，分別為：地獄道、餓鬼道、畜生道、阿修羅道、人間道、天道。前三道為惡，後三道為善。

32 熒熒：讀作「迎迎」，微弱光影閃動的樣子。

33 蕭齋：對自己所居房屋或書齋的謙詞，典故出自——梁武帝造寺，命蕭子雲於寺院牆上寫一「蕭」字。寺院毀壞後，刻字的殘壁仍保存下來。至唐朝李約，將此牆壁運歸洛陽，匾於小亭，以供賞玩，稱為「蕭齋」。

34 集腋為裘：意謂此部《聊齋志異》，集結了眾人之力，積少成多才完成。

35 幽冥之錄：南朝宋劉義慶所編纂的志怪小說集，屬於六朝志怪筆記小說，篇幅短小，為後世小說的先驅。

36 浮白：暢飲。載筆：此指寫作著書。

37 孤憤：原為《韓非子》一書的其中一篇篇名。此指憤世嫉俗的著作，意即對一些看不慣的世俗之事執筆記錄下來，以表心中悲憤。

38 寄托：寄託言外之音於文辭之間，猶言寓言。

39 青林黑塞：指夢中的地府幽冥。

40 康熙己未：清朝康熙十八年（西元一六七九年）。這一年，蒲松齡四十歲。

白話翻譯

野外的山鬼，讓屈原有感而發寫成了《離騷》；牛鬼蛇神，被李賀寫入了詩篇。這種獨樹一幟的作品，不見容於世俗，其來有自。我於困頓時，只能與魑魅爭光；無法求取功名，受到鬼怪的嘲笑。雖不像干寶那樣有才華，能寫出流傳百世的《搜神記》，卻也喜愛志怪故事；也與被貶謫黃州的蘇軾一樣，喜與人談論鬼怪故事。聽到奇聞怪事就動筆記錄下來，這才編成了這部書。久而久之，各地同好便將蒐羅來的鬼怪故事寄給我，物以類聚，內容更加豐富。甚至－人不處於蠻荒之地，卻有比蠻荒更離奇的怪事發生；即便在我們周遭，也有比飛頭國更古怪的事情。我越寫越有興趣，甚至到了發狂的地步；長期將精力投注於此，連自己都覺得癡迷。那些不信鬼神的人，恐怕要嘲笑我。道聽塗說之事，或許不足採信；然而這些荒謬怪誕的傳聞，有助於人認清事實，增長智慧。這些志怪故事的價值，不可因作者籍籍無名而輕易作廢。

我出生之時，先父夢到一名病瘦的僧人，穿著露肩袈裟入屋，胸前貼著一個似錢幣的圓形膏藥。夢醒，我就出生了，胸前果然有一個黑痣。且我年幼體弱多病，恐活不長。門庭冷清，如僧人般過著清心寡慾的日子；整天埋首寫作，貧窮如僧人的空缽。常常自想，莫非那名僧人眞是我的前世？我前世所做的善業不夠，所以才沒法到更好的世界；只能隨風飄蕩，落入污泥糞土之中。虛無飄渺的六道輪迴，不可謂全無道理。特別是在深夜燭光微弱之際，燈光昏暗蕊心將盡，書齋更顯冷清，書案冷如冰。我想集結眾人之力，妄圖再續《幽冥錄》；飲酒寫作，成憤世嫉俗之書：只能將平生之志寄託於此，實在可悲！唉！受盡風霜的寒雀，棲於樹上感受不到溫暖；憑弔月光的秋蟲，依偎著欄杆還能感到一絲溫暖。知我者，大概只有黃泉幽冥之中的鬼了！

寫於康熙十八年春。

卷十一

11

天機不可洩露，
命中玄幻倘若探究得過頭，
後悔懊喪尚屬其次，
禍延子孫才是最得不償失。

狐女

伊袞，九江①人。夜有女來，相與寢處。心知為狐，而愛其美，祕不告人，父母亦不知也。久而形體支離。父母窮詰②，始實告之。父母大憂，使人更代伴寢，兼施敕勒③，卒不能禁。翁自與同衾④，則狐不至；易人，則又至。伊問狐。狐曰：「世俗符咒，何能制我。然俱有倫理，豈有對翁行淫者！」翁聞之，益伴子不去，狐遂絕。◆

後值叛寇橫恣，村人盡竄，一家相失。伊奔入崑崙山⑤，四顧荒涼。日既暮，心恐甚。忽見一女子來，近視之，則狐女也。離亂之中，相見欣慰。女曰：「日已西下，君姑止此。我相佳地，暫創一室，以避虎狼。」乃北行數武⑥，遂蹲莽中，不知何作。少刻返，拉伊南去，約十餘步，又曳之回。忽見大樹千章，繞一高亭，銅牆鐵柱，頂類金箔；近視，則牆可及肩，四圍並無門戶，而牆上密排坎窞⑦，女以足踏之而過，伊亦從之。既入，疑金屋非人工可造，問所自來。女笑曰：「君子居之，明日即以相贈。金鐵各千萬，計半生喫著不盡矣。」既而告別。伊苦留之，乃止。曰：「被人厭棄，已拚永絕；今又不能自堅矣。」及醒，狐女不知何時已去。天明，踰垣而出。回視臥處，並無亭屋，惟四針插指環⑧內，覆脂合⑨其上：大樹，則叢荊老棘也。

◆但明倫評點：符咒所不能制者，倫理足以制之。此狐頗有廉恥，於此亦可見邪總不能勝正。

符咒不足以驅趕的邪祟，倫理綱常可以制止。這狐妖還挺有廉恥之心，從這裡可以看出邪祟是無法戰勝正道的。

1九江：今江西省九江市。
2詰：讀作「結」，問。
3敕勒：道家語。驅鬼降妖的符咒。
4衾：讀作「欽」，被褥。
5崑崙山：位於安徽省潛山縣東北境內。

6數武：走幾步。
7坎窞：坑洞，洞穴。窞，讀作「旦」。
8指環：原意是戴在手上的戒指。此指婦女做針線活時，用來頂針的戒指。
9脂合：即胭脂盒。

白話翻譯

伊袞是九江人。有天夜晚，有個女子前來投奔，和他同床共枕。他心知女子是狐妖，但迷戀於她的美貌，因此祕而不宣，連父母也被蒙在鼓裡。過了很久，他的身體逐漸憔悴，父母追問其中緣由，伊袞才把實情說出。父母很擔憂，讓人輪流陪他睡覺，還請道士用符咒鎮壓，卻始終不能禁止。伊父於是和伊袞睡在一起，狐女竟然不來了，換成別人，狐女又來。伊袞問狐女原因，狐女說：「世俗的咒符，能耐我何？我是礙於倫常，哪有當著父親的面交歡的呢！」伊父聽說此事，便每天都陪兒子睡覺，狐女這才不再來。

後來遇到叛匪肆虐，村裡的人都逃走了，伊袞也和家人失散。他逃進崑崙山，環顧四周，一片荒涼，又沒有人與他作伴。天色已晚，他更加害怕，忽見一名女子走來，他以為是逃難的人，急忙走近一看，原來是狐女。在離亂之中見到熟人特別欣慰，狐女說：「太陽已經西沉，看情況你也走不了，姑且先待在這裡，我去找個地方搭建屋子，以免虎狼侵擾傷害。」說

完，她向北走幾步，蹲在草叢中，不知在做什麼。不久後返回，拉著伊袞往南走；走了約十幾步，又把他拽回來。伊袞忽然看見一片高大的樹林，圍繞著一座高聳的亭子，銅牆鐵壁，屋頂好像貼了一層金箔。走近一看，牆和肩膀一樣高，四周並無門窗，牆上密布著坑洞。狐女用腳踩著通過，伊袞也跟隨在後。兩人進了屋裡，伊袞懷疑這座金屋不是人所能建造，問起是誰蓋的。狐女笑說：「你就先住下，明天就把這屋子送給你。這屋子的銅鐵數千萬，你一輩子也用不完。」說完就要告辭，伊袞哀求她留下，狐女才沒離去，說：「我被人厭棄，已發誓永遠與你斷絕關係，現在又無法狠心堅持昔日誓言。」伊袞醒來，狐女早已不知所蹤。天亮後，他翻牆而出，回到睡覺的地方一看，並沒有什麼亭子房屋，只有四根針插在縫紉用的頂針裡，一個胭脂盒蓋在上面，那片樹林原來只是荊棘叢。

狐女
鍾情何意来奔女守禮偏知避若翁脂合綉鋮工幻化周旋難得亂離中

段氏

段瑞環，大名[1]富翁也。四十無子。妻連氏最妒，欲買妾而不敢。私一婢；連覺之，撻婢數百，鬻諸河間[2]欒氏之家。段日益老，諸姪朝夕乞貸，一言不相應，怒徵聲色。段思不能給其求，而欲嗣[3]一姪，則群姪阻撓之，連之悍亦無所施◆，始大悔。憤曰：「翁年六十餘，安見不能生男！」遂買兩妾，聽夫臨幸，不之問。居年餘，二妾皆有身，舉家皆喜。於是氣息漸舒。凡諸姪有所強取，輒惡聲梗[4]拒之。無何，一妾生女，一妾生男而殤。夫妻失望。又將年餘，段中風不起，諸姪益肆，牛馬什物，競自取去。連詬斥之，輒反脣相稽。無所為計，朝夕嗚哭。

段病益劇，尋死。諸姪集柩前，議析遺產。連雖痛切，然不能禁止之。但留沃墅[5]一所，贍養老稚，姪輩不肯。連曰：「汝等寸土不留，將令老嫗及呱呱者[6]餓死耶！」日不決，惟忿哭自撾[7]。忽有客入弔，直趨靈所，俯仰[8]盡哀。哀已，便就苫次[9]。眾詰[10]為誰。客曰：「亡者吾父也。」眾益駭。客從容自陳。先是，婢嫁欒氏，逾五六月，生子懷，欒撫之等諸男。十八歲入泮[11]。後欒卒，諸兄析產[12]，置不與諸欒齒[13]。懷問母，始知其故。曰：「既屬兩姓，各有宗祏[14]，何必在此承人百畝田[15]哉！」乃命騎詣段，而段已死。言之鑿鑿，確可信據。連方忿痛，聞之大喜，直出曰：「我今亦復有兒！諸所假去牛馬什物，可好自送還；不然，有訟興也！」諸姪相顧失色，漸引去。懷乃攜妻來，共居父憂[16]。諸段不平，共謀逐懷。

懷知之，曰：「欒不以為欒，段復不以為段，我安適歸乎！」忿欲質官，諸戚黨為之排解，群謀亦寢。而連以牛馬故，不肯已。懷勸置之。連曰：「我非為牛馬也，雜氣集滿胸，汝父以憤死，我所以吞聲忍泣者，為無兒耳。今有兒，何畏哉！前事汝不知狀，待予自質審。」懷固止之，不聽，具詞赴宰控。宰拘諸段，審狀，連氣直詞惻，吐陳泉湧。宰為動容，并懲諸段，追物給主。既歸，其兄弟之子有不與黨謀者，招之來，以所追物，盡散給之。連七十餘歲，將死，呼女及孫媳曰：「汝等誌之：如三十不育，便當典質釵珥，為婿納妾。無子之情狀實難堪也！」

異史氏曰：「連氏雖妒，而能疾轉[17]，宜天以有後伸其氣也。觀其慷慨激發，吁！亦傑矣哉！」

濟南蔣稼，其妻毛氏，不育而妒。嫂每勸諫，不聽，曰：「寧絕嗣，不令送眼流眉者[18]忿氣人也！」年近四旬，頗以嗣續為念。欲繼兄子，兄嫂俱諾，而故悠忽[19]之。兒每至叔所，夫妻餌以甘脆[20]，問曰：「肯來吾家乎？」兒亦應之。兄私囑兒曰：「倘彼再問，答以不肯。如問何故不肯，答云：『待汝死後，何愁田產不為吾有。』」

一日，稼出遠賈，兒復來。毛又問，兒即以父言對。毛大怒曰：「妻孥在家，固日日算吾田產耶！其計左[21]矣！」逐兒出，立招媒媼，為夫買妾。及夫歸，時有賣婢者，其價昂，傾貲不能取盈[22]，勢將難成。其兄恐遲而變悔，遂暗以金付媼，偽稱為媼轉貸而玉成[23]之。毛大喜，遂買婢歸。毛以情告夫，夫怒，與兄絕。年

◆**馮鎮巒評點：**悍婦祇能悍於其夫，他人前不能悍也，所見甚夥。

凶悍的婦人只能對她的丈夫凶悍，在別人面前凶不起來，這類的案例頗多。

餘，妾生子。夫妻大喜。毛曰：「媼不知假貸何人，年餘竟不置問，此德不可忘。今子已生，尚不償母價也！」稼乃囊金詣媼。媼笑曰：「當大謝大官人。老身一貧如洗，誰敢貸一金者。」具以實告。稼感悟，歸告其妻，相為感泣。遂治具邀兄嫂至，夫婦皆膝行，出金償兄，兄不受，盡歡而散。後稼生三子。

1大名：古代府名，今河北省大名縣。
2河間：古代府名，今河北省河間市。
3嗣：過繼他人的兒子為自己的兒子。
4梗：原意妨礙，阻塞。此處借指抗拒。
5沃壄：肥沃的田地。
6呱呱者：嗷嗷待哺的嬰兒。
7撾：讀作「抓」，敲打。
8俯仰：此處借指哀號。弔唁時，俯首哭泣，仰首悲號。
9就苫次：居父母之喪。苫，讀作「山」，草薦。居喪之人用草薦墊著睡覺，故借代為居喪之意。
10詰：讀作「結」，問。
11入泮：即考中縣學成為秀才。古代學宮內有泮池（半月形的水池），故稱學宮為「泮宮」，童生入縣學為生員，稱「入泮」。泮，讀作「盼」。
12析產：分家。
13齒：並列。
14宗祏：宗廟祠堂的北面牆壁，是保藏祖宗牌位的石室，此處借指宗廟、祖先。祏，讀作「石」，宗廟裡為擺放祖宗牌位而設置的石室。
15百畝田：借指家產。
16父憂：父親之喪。
17疾轉：人的態度與個性迅速轉變。
18送眼流眉者：眼送秋波的人，意指專門勾引男人的狐媚女子。
19悠忽：不放在心上。
20甘脃：點心、零食等味道甘美的食物。脃，「脆」的異體字。
21計左：計策失誤，算計落空。
22取盈：取夠所需的數目額度。
23玉成：成全某事的雅稱。

白話翻譯

段瑞環是大名府的富翁，四十歲還膝下無子。他的妻子連氏是善妒之人，因此他想要買個小妾也懼怕夫人。後來他和一個丫鬟私通，被連氏察覺，打了這丫鬟幾百下鞭子，賣給河間府一戶姓欒的人家。段瑞環日漸衰老，他的姪子們一天到晚上門來借錢，只要不順他們的意，就怒形於色。段瑞環想，既然不能滿足他們永無止盡的慾望，便從姪兒中過繼一個當兒子吧，其他姪子們極力阻撓。連氏雖然凶悍，也無計可施，這時才感到後悔，氣憤地說：「老爺才六十多歲，怎麼見得就不能生出個兒子！」便買了兩個小妾，任憑丈夫寵幸，不再多加過問。

一年多後，兩個小妾都懷有身孕，全家都很高興，夫妻倆心中的怨氣漸漸得以抒發，只要姪子們前來搶奪財產，就嚴厲斥責不予借貸。不久，一個小妾生了女兒，另一個小妾生了男孩卻夭折了。夫妻倆都很失望，只好把希望寄託在未來。又過了一年有餘，段瑞環中風，臥病不起，姪子們更加肆無忌憚，家中的牛馬物件皆自行拿走。連氏喝斥他們，他們就反唇相譏。她無計可施，只能整天悲哭。

段瑞環的病更加嚴重，不久就死了。姪子們聚集在他的靈柩前，商議瓜分他的遺產。連氏雖然十分悲痛，卻也奈何他們不得，只求留下一處肥沃的田地用來養老恤幼，姪子們卻不肯答應。連氏說：「你們連一寸土地都不留給我，是想餓死我這個老太婆和襁褓中的嬰兒嗎？」商

議整天仍無結果。連氏只能忿恨痛哭，捶胸頓足。忽然有個客人進來弔唁，直接走到靈堂前，前俯後仰地號哭，哀悼完畢就坐在子女守靈的草蓆上。眾人都不認識這個人，問起姓名，客人說：「死的人是家父。」眾人更加驚訝，客人從容不迫地敘述事情始末。原來，那個被連氏賣到欒家的丫鬟，過了五、六個月，生下一個男孩，名叫懷，欒家撫養他有如親生兒子般。欒懷十八歲考中秀才，後來欒父死了，他的兒子們瓜分家產，卻沒把欒懷當成自家兄弟。欒懷問母親緣由，才知其中緣故，說：「既然我是異姓人家的兒子，各有祖宗，何必在這裡跟人家爭百畝田的遺產呢！」就騎馬來到段家，然而段瑞環已經死了。欒懷言之鑿鑿，的確可信。連氏正在悲痛之時，聽了很高興，直接走出來說：「我現在也有兒子了，你們藉機搶去的牛馬和其他物品，最好是原封不動給我送回來，不然的話，我就告到官府去！」一眾姪子互望一陣，皆臉色發白，逐漸散去。欒懷於是把妻子接來，一起服父親之喪。那些姓段的親戚們心中無不憤恨不平，謀劃要把欒懷趕走。

欒懷知道後，說：「欒家不拿我當欒家的人，段家也不拿我當段家的人，還有哪裡是我的歸處呢？」他氣憤地要到官府去對質。眾親戚們從中調解，姪子們的謀劃也就戛然而止。連氏因爲被搶走的牛馬而不肯善罷甘休，欒懷勸她不要計較了，連氏說：「我不是爲了那些牛馬，而是我心中充滿怨氣！你父親被他們氣死了，我之所以忍氣吞聲，是因爲膝下無兒。現在既然有兒子在，我還怕他們做什麼呢！以前的事你不了解情況，就讓我自上衙門打這樁官司吧。」

欒懷仍繼續勸阻，連氏不聽，寫好狀詞到縣衙門告狀。縣官將段家的姪子們都拘捕到公堂，審問案情。連氏理直氣壯，言詞悲切話如泉湧，縣令也爲之動容，嚴懲段家的姪子們，追討那些被搶奪的財物。連氏回到家中，將那些沒有參與謀劃爭奪財產的姪子們叫來，把追討回來的財物都分給他們。連氏後來活到七十多歲，臨死前，把女兒和孫媳婦叫來，囑咐道：「你們記住，如果到三十歲還生不出兒子，就應該變賣首飾，替丈夫納妾，沒有兒子的滋味，教人情何以堪啊！」

記下奇聞異事的作者如是說：「連氏雖然善妒，卻能夠馬上改變態度，老天爺是該讓她有兒子來倚仗，藉以抒發心中怨氣。看她意氣激昂的樣子，唉，也算是個女中豪傑了！」

蔣稼是濟南人，他的妻子毛氏不能生育且善妒。嫂嫂時常勸她給丈夫納妾，她都不聽，說：「我寧可絕後，也不能讓那些狐媚的女人在我面前耀武揚威！」蔣稼快到四十歲了，時常煩惱傳宗接代的事情。他想過繼兄長的兒子，和兄長商量過，兄長答應了；毛氏和嫂嫂說了，嫂嫂也同意了，兄嫂夫妻卻故意拖延，家裡的兒子每次到叔叔家，蔣稼夫妻都對他疼愛備至，買好吃的東西給他，問：「願意做我家的兒子嗎？」孩子也應允。蔣稼的兄長私底下囑咐兒子說：「如果他們再問，你就回答說不肯。如果問你爲什麼不肯，你就回答：『等你死了以後，還愁你們的田產不歸我所有嗎？』」

有一天，蔣稼出門做買賣，兄長的孩子又來了。毛氏又問他同樣的問題，孩子就按照父親

所教的回答。毛氏大怒，把孩子趕出門去，說：「原來你們母子在家，天天都在盤算我家的田產啊！你們打錯算盤了！」她不等丈夫回來，就找來媒婆，要替丈夫買妾。這時有人在賣婢女，價錢很貴，就算傾家蕩產也買不起，眼看買賣就要談不攏，蔣稼的兄長怕時間長了弟媳會反悔，暗中把錢給了媒婆，假裝是媒婆借錢給毛氏，成全這件美事。毛氏很高興，把婢女買回來了，蔣稼回來後，毛氏把過繼兒子一事告知丈夫，蔣稼也心中氣憤，與兄長斷絕來往。過了一年多，小妾生了個兒子，蔣稼夫妻都很高興。毛氏說：「媒婆不知是跟誰借的錢，過了一年多竟不來討。這個恩德不可忘記。現在兒子已經生了，還不湊錢替兒子的母親贖身！」蔣稼就帶著錢到媒婆家。媒婆笑道：「你應該去謝令兄，不要謝我。我一貧如洗，誰敢借哪怕一兩銀子給我呀。」將一切實言以告。蔣稼才恍然大悟，回家告訴妻子。夫妻倆都感激涕零，設宴邀請兄嫂前來，兩人則跪著行走到兄嫂面前，拿錢要還給兄長。兄長不肯收，一家人團聚盡興後，兄嫂才回家去。後來，蔣稼生了三個兒子。

男妾

一官紳在揚州買妾，連相數家，悉不當意。惟一媼寄居賣女，女十四五，丰姿姣好，又善諸藝。大悅，以重價購之。至夜，入衾，膚膩如脂。喜捫私處，則男子也。駭極，方致窮詰。蓋買好童，加意修飾，設局以騙人耳。黎明，遣家人尋媼，則已遁去無蹤。中心懊喪，進退莫決。適浙中同年某來訪，因為告訴。某便索觀，一見大悅，以原價贖之而去。◆

異史氏曰：「苟遇知音，即予以南威[1]不易。何事無知婆子，多作一偽境[2]哉！」

◆**何守奇評點：**駭之者直駭其為男耳，贖之者而乃以為妾乎？

之所以感到驚駭，是因為買來當妾的，是個男扮女裝的人，替他贖身的人難道是要買回去做小妾嗎？

1南威：春秋時晉國的美女，後代稱美女。
2偽境：假象，虛偽作假。

白話翻譯

有位官紳想在揚州買個小妾，連看幾家都不滿意。有個老婦在賣女兒，年約十四、五，容

貌姣好，又精通多項才藝。這名官紳很高興，花了一大筆錢將她買下。到了晚上，他躺在被子裡，撫摸小妾的肌膚，細膩如凝脂。他高興地去摸她私處，發現竟是個男的。他非常驚訝，這才追問事情緣由，原來那名老婦買來俊美的男童，裝扮成少女，設下圈套來騙人。第二天一早，官紳派僕人去老婦家，她早已不知去向。官紳心中很懊悔失望，不知該如何是好。正好浙江的一位同學來拜訪，官紳把此事告訴他。那位同學要求看上一眼，一見到便十分喜歡，用原價買下帶走了。

記下奇聞異事的作者如是說：「如果能遇到知音，就算用絕世美女也不肯交換。那個老婦實在無知，何必多此一舉用假象來騙人呢！」

男妾
逐臭嗜痂信不誣
雌雄撲朔竟模糊
易將弁冕為巾幗
始信人間有子都

張氏婦

凡大兵所至，其害甚於盜賊。蓋盜賊人猶得而仇之，兵則人所不敢仇也。其少異於盜者，特不敢輕於殺人耳。甲寅歲[1]，三藩作反，南征之士，養馬兗郡[2]，雞犬廬舍一空，婦女皆被淫污。時遭霪雨，田中瀦水[3]為湖，民無所匿，遂乘桴[4]入高粱叢中。兵知之，裸體乘馬，入水搜淫，鮮有遺脫。惟張氏婦不伏，公然在家。有廚舍一所，夜與夫掘坎深數尺，積茅焉；覆以薄[5]，加蓆其上，若可寢處。自炊灶下。有兵至，則出門應給之。二蒙古兵[6]強與淫。婦曰：「此等事，豈可對人行者？」其一微笑，啁嗻[7]而出。婦與入室，指蓆使先登。薄折，兵陷。婦又另取蓆及薄覆其上，故立坎邊，以誘來者。少間，其一復入。聞坎中號，不知何處，婦以手笑招之曰：「在此處。」兵踏蓆，又陷。婦乃益投以薪，擲火其中。火大熾，屋焚。婦乃呼救。火既熄，燔尸[8]焦臭。人問之。婦曰：「兩豬恐害於兵，故納坎中耳。」由此離村數里，於大道旁並無樹木處，攜女紅往坐烈日中。村去郡遠，兵來率乘馬，頃刻數至。笑語啁嗻，雖多不解，大約調弄之語。然去道不遠，無一物可以蔽身，輒去，數日無患。一日，一兵至，甚無恥，就烈日中欲淫婦。婦含笑不甚拒。隱以針刺其馬，馬輒噴嘶，兵遂縶[9]馬股際，然後擁婦。婦出巨錐猛刺馬項，馬負痛奔駭。韁繫股不得脫，曳馳數十里，同伍[10]始代捉之。首軀不知處，韁上一股，儼然在焉。

異史氏曰：「巧計六出[11]，不失身於悍兵。賢哉婦乎，慧而能貞！」

1甲寅歲：清聖祖康熙十三年（西元一六七四年）。
2兗郡：今山東省兗州市。兗，讀作「眼」。
3瀦水：積水。瀦，讀作「朱」，水聚集之處。
4桴：讀作「福」，竹筏。
5薄：蠶薄，又作蠶箔。養蠶的器皿，以蘆葦或細竹編成網狀，外觀呈圓形或長方形的薄片，架起供蠶蟲攀爬其上後結繭。

6蒙古兵：指蒙古八旗的軍人。
7啁嗻：讀作「州遮」，此指蒙古語聽起來，嘈雜如鳥鳴。
8燔尸：焚燒過後的屍體。燔，讀作「凡」，焚燒、炙烤。
9縶：讀作「執」，捆綁、綁縛。
10同伍：軍中的同伴。
11巧計六出：足智多謀。

白話翻譯

凡是清兵所到之處，他們對百姓的危害遠比盜賊還恐怖。這是因爲人們姑且還能把盜賊視爲仇敵，卻無人敢仇視官兵。而清兵和盜賊的分別，在於他們不敢隨便殺人。康熙十三年，吳三桂、尚可喜和耿仲明發動三藩叛亂，南征討伐的清兵駐紮在兗州，雞犬房舍都被劫掠一空，婦女都被姦淫侮辱。

當時久雨不斷，田地積水變成湖泊，老百姓無處可躲，就划著竹筏躲進高粱叢裡。清兵知道後，赤身裸體騎著馬，到水裡去搜尋婦女來姦淫，很少有婦女得以倖免。只有一個姓張的婦人沒有躲藏，公然留在家中。她家有一間廚房，夜裡她和丈夫一起挖了一個幾尺深的洞，填了茅草進去，洞口以蠶薄蓋妥，再把蓆子放在上面，看起來就像個睡覺的地方。

張氏婦在爐灶前做飯，有清兵來了就出去應對。有兩個蒙古兵想要強姦她，張氏婦說：

「這種事情，怎麼能當著別人的面做呢！」其中一人微笑，說了幾句蒙古話就出去了。張氏婦和另一人進屋，指著草蓆讓他先上去，他一躺上去，蠶薄就塌陷，蒙古兵掉入坑中。張氏婦又另外拿來草蓆和蠶薄蓋住洞口，故意站立洞旁，引誘另一個人。不久，另一個蒙古兵進來，聽見洞裡有人呼喊號叫，卻不知在何處。張氏婦笑著招手說：「在這裡。」蒙古兵一踏上蓆子，也掉進了坑裡。張氏婦把柴薪丟下去，又丟下了火苗。火勢甚旺，整間屋子都著火了，張氏婦才出來呼救。等火撲滅以後，房子裡傳來屍體的焦臭味，有人詢問緣由，張氏婦說：「有兩頭豬怕被清兵搶走，所以藏在坑洞中。」從此以後，張氏婦搬到離村子數里遠的地方，來到大路旁邊沒有樹木的一塊地，坐在烈日下做女紅。村子離郡城很遠，清兵都是騎著馬來的，不久便到。他們有說有笑著，淨向她說些聽不懂的語言，雖然聽不懂，也能猜到是些調戲的話。這裡離大路不遠，又沒有東西可以遮蔽身體，他們只好走了，過了幾天相安無事。有一天，有個清兵來了，無恥地連在烈陽當空下也想姦淫張氏。張氏婦笑著不推拒，暗中用針去刺了刺士兵的馬，馬兒大聲呼氣嘶叫。士兵把馬韁綁在一邊腿上，便欲抱住張氏婦。張氏婦拿出大椎子，用力去刺馬的脖子，馬疼得狂奔起來，由於清兵把韁繩綁在大腿上解不下來，馬兒就拖著人跑了幾十里，才被其他士兵捉住。那個士兵的頭和身體都不知去向了，只剩繩子上還綁著他的一條腿。

記下奇聞異事的作者如是說：「張氏婦妙計百出，沒有被清兵強暴。既聰慧又能守貞，眞是賢良的婦人啊。」

汪可受

湖廣黃梅縣[1]汪可受[2]，能記三生。一世為秀才，讀書僧寺。僧有牝馬產騾駒[3]，愛而奪之。後死，冥王稽籍，怒其貪暴，罰使為騾償寺僧。既生，僧愛護之，欲死無間[4]。稍長，輒思投身澗谷，又恐負豢養之恩，冥罰益甚，遂安之。數年，孽滿自斃，生一農人家。墮蓐[5]能言，父母以為怪，殺之，乃生汪秀才家。秀才近五旬，得男甚喜。汪生而了了[6]；但憶前生以早言死，遂不敢言。至三四歲，人皆以為啞。一日，父方為文，適有友人過訪，投筆出應客。汪入見父作，不覺技癢，代成之。父返見之，問：「何人來？」家人曰：「無之。」父大疑。次日，故書一題置几上，旋出；少間即返，翳行[7]悄步而入。則見兒伏案間，稿已數行，忽睹父至，不覺出聲，跪求免死◆。父喜，握手曰：「吾家止汝一人，既能文，家門之幸也，何自匿為？」由是益教之讀。少年成進士，官至大同[8]巡撫。

◆**何守奇評點：**不敢言而敢作，是欲掩之而益揚之也。跪求免死，一何愚！

不敢說話卻敢寫文章，這是欲蓋彌彰的行為。跪下乞求饒命，真是何其愚蠢啊！

1 湖廣黃梅縣：今湖北省黃梅縣。
2 汪可受：字以虛，號靜峰、三盤居士。明代官員，累官至薊遼總督。
3 騾駒：公驢和母馬交配所生的小騾。
4 無間：苦無機會。間，讀作「見」，指空隙。
5 墮蓐：甫剛出生。蓐，讀作「入」，草蓐，或借指床，因人出生在草蓐或床墊上。
6 了了：聰慧懂事。
7 翳行：隱匿地行走。
8 大同：今山西省大同市。

白話翻譯

汪可受是湖廣黃梅縣人，能記得前三世的遭遇。他的第一世是個秀才，在寺廟裡讀書。寺廟裡的和尚有匹母馬生下一頭小騾子，汪可受因為很喜歡，就把牠占為己有。他死了以後，閻王爺查核生死簿，對他貪心的舉動很憤怒，罰他投胎為騾子補償給寺廟裡的僧人。他剛出生，僧人就對他愛護有加，他想尋死卻苦無機會，長大之後想跳進深谷自盡，又恐怕辜負僧人豢養的恩情，死後到冥司恐怕會被判處更嚴重的刑罰，只好安於現狀，繼續當頭騾子。數年後，他的罪孽還清後便死了，投胎到一個農人家中，呱呱墜地就會講話，父母覺得不吉利就殺了他，後來才投胎到汪秀才家。

汪秀才快五十歲才生了兒子，十分歡喜。汪可受聰慧懂事，但想起前生因為太早就會說話而被殺，遲遲不敢出聲。到了三、四歲，人們都以為他是啞巴。一天，汪父正在寫文章，正好有朋友前來拜訪，汪父擱筆去招待客人。汪可受進了書房，見到父親未完成的作品，不禁手癢，代父親把文章寫完。汪父返回看見了，問：「有人來過嗎？」家人說：「沒有人來過。」汪父心中感到疑惑。第二天，汪父寫道題目放在書案上就出去，不久後回來，他悄悄地走進書房，發現兒子正趴在桌子上，已經在書稿上寫了幾行字。汪可受見父親來了，不覺發出聲音，跪地求汪父饒他一命。汪父很高興，握著他的手說：「我家只有你這個兒子，既然你會寫文章，這是家門榮幸，爲什麼要躲躲藏藏呢？」於是汪秀才更認眞地教導兒子讀書。汪可受少年就考中進士，官做到大同巡撫。

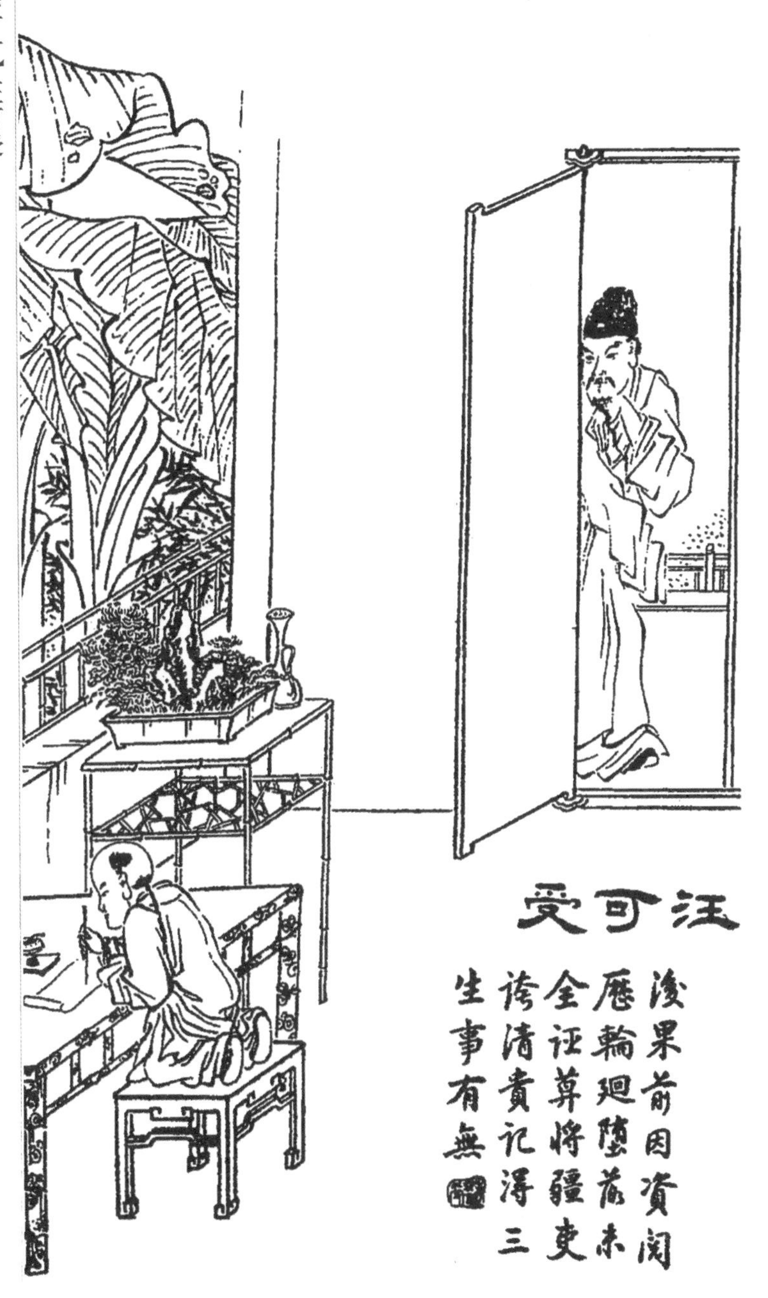

于子游

海濱人說：「一日，海中忽有高山出，居人大駭。一秀才寄宿漁舟，沽酒獨酌。夜闌，一少年入，儒服儒冠，自稱：『于子游。』言詞風雅。秀才悅，便與懽1飲。飲至中夜，離席言別。秀才曰：『君家何處？玄夜茫茫，亦太自苦。』答云：『僕非土著，以序2近清明，將隨大王上墓。眷口先行，大王姑留憩息，明日辰刻發矣。宜歸，早治任也。』秀才亦不知大王何人。送至鷁首3，躍身入水，撥剌4而去，乃知為魚妖也。次日，見山峰浮動，頃刻已沒。始知山為大魚，即所云大王也。」俗傳清明前，海中大魚攜兒女往拜其墓，信有之乎？

康熙初年，萊郡5潮出大魚，鳴號數日，其聲如牛。既死，荷擔割肉者，一道相屬6。魚大盈畝，翅尾皆具；獨無目珠。眶深如井，水滿之。割肉者誤墮其中，輒溺死。或云，「海中貶大魚，則去其目，以目即夜光珠7」云。

1 懽：同今「歡」字，是歡的異體字。
2 序：季節。
3 鷁首：借指船頭，因古代船頭常畫有鷁鳥圖案。鷁，讀作「易」，一種水鳥。
4 撥剌：魚拍擊水面的聲音。剌，讀作「辣」。
5 萊郡：今山東省萊州市。
6 相屬：人群聚集貌。
7 夜光珠：即夜明珠，能在黑暗中發出光芒的寶珠。

白話翻譯

住在海邊的人說：「有一天，海中突然冒出一座大山，居民很驚訝。有個秀才寄宿在漁船上，買酒獨酌。夜已深，有位少年打扮成儒生的樣子，自稱『于子游』，談吐文雅。秀才很喜歡他，就和他開懷暢飲。喝到半夜，于子游起身告辭。秀才問：『你家住在何處？茫茫黑夜，豈不是自找苦吃嗎？』于子游回答說：『我並非不願留下，只因清明將至，要隨大王去掃墓。家眷已先行出發，大王暫且留下來休息，明天早晨就要出發。我該回去，趁早打點行李。』秀才也不知大王是何許人。送于子游到船頭，竟縱身跳入海中游走了，才知他原來是隻魚妖。第二天辰時，只見山峰浮動，不久沉入海底。秀才才知道那座山原來是條大魚，也就是于子游所說的大王。」民間傳說清明節前夕，海裡的大魚會攜家帶眷前往掃墓，果然眞有此事嗎？

康熙初年，萊州府海水漲潮時，有條大魚出沒，鳴叫了數日，聲音像牛叫。死了以後，挑起擔子前去割肉的人絡繹不絕。那條魚約有一畝地那般大，魚鰭魚尾都齊全，只是沒有眼珠。大魚的眼眶像井那樣深，裡面裝滿了水，割肉的人不小心掉進去，就會被淹死。人們都說：「龍宮海城若要懲罰犯罪的大魚，會先挖掉眼睛，因爲牠的眼睛是夜明珠。」

王大

李信，博徒也。晝臥，忽見昔年博友王大、馮九來，邀與敖戲[1]，李亦忘其為鬼，欣然從之。既出，王大往邀村中周子明，馮乃導李先行，入村東廟中。少頃，周果同王至。馮出葉子[2]，約與撩零[3]。李曰：「倉卒無博貲[4]，辜負盛邀，奈何？」周亦云然。王云：「燕子谷黃八官人放利債[5]，同往貸之，宜必諾允。」於是四人並去。飄忽間，至一大村。村中甲第連垣[6]，王指一門，曰：「此黃公子家。」內一老僕出，王告以意。僕即入白。旋出，奉公子命，請王、李相會。入見公子，年十八九，笑語藹然。便以大錢[7]一提付李，曰：「知君慤[8]直，無妨假貸。周子明我不能信之也。」王委曲代為請。公子要李署保，李不肯。王從旁慫恿之，李乃諾。亦授一千而出。便以付周，且述公子之意，以激其必償。

出谷，見一婦人來，則村中趙氏妻，素喜爭善罵。馮曰：「此處無人，悍婦宜小祟[9]之。」遂與王捉返入谷。婦大號。馮掬土塞其口。周贊曰：「此等婦，只宜椓杙[10]陰中！」馮乃捋襟，以長石強納之，婦若死。眾乃散去，復入廟，相與博賭。自午至夜分，李大勝，馮、周貲皆空。李因以厚貲增息悉付王，使代償黃公子；王又分給周、馮，局復合。居無何，聞人聲紛拏[11]，一人奔入，曰：「城隍老爺親捉博者，今至矣！」眾失色。李捨錢踰垣而逃。眾顧貲，皆被縛。既出，果見一神人坐馬上，馬後縶博徒二十餘人。天未明，已至邑城，門啟而入。至衙署，城隍南面坐，喚人犯上，執籍呼名。呼已，並令以利斧斫去[12]將指[13]，乃以墨朱[14]各塗兩目，遊市三周訖◆。押者索賄而後去其墨朱，眾皆賂之。獨周不肯，辭以囊空；押者約送至家而後酬之，亦不許。押者指之曰：「汝真鐵豆[15]，炒之不能爆也！」遂拱手去。

周出城，以唾濕袖，且行且拭。及河自照，墨朱未去，掬水盥之，堅不可下，悔恨而歸。先是，趙氏婦以故至母家，日暮不歸。夫往迎之。至谷口，見婦臥道周。睹狀，知其遇鬼，去其泥塞，負之而歸。漸醒能言，始知陰中有物，宛轉抽拔而出。乃述其遭。趙怒，遽赴邑宰，訟李及周。牒[16]下，李初醒；周尚沉睡，狀類死。宰以其誣控，笞趙械婦，夫妻皆無理以自申。越日，周醒，目眶忽變一赤一黑，大呼指痛。視之，筋骨已斷，惟皮連之，數日尋墮。目上墨朱，深入肌理。見者無不掩笑。一日，見王大來索負。周厲聲但言無錢，王忿而去。家人問之，始知其故。共以神鬼無情，勸償之。周齟齬[17]不可，且曰：「今日官宰皆左袒賴債者，陰陽應無二理，況賭債耶！」

次日，有二鬼來，謂黃公子具呈在邑[18]，拘赴質審；李信亦見隸來，取作間證：二人一時並死。至村外相見，王、馮俱在。李謂周曰：「君尚帶赤墨眼，敢見官耶？」周仍以前言告。李知其吝，乃曰：「汝既昧心，我請見黃八官人，為汝還之。」遂共詣公子所。李入而告以故，公子不可，曰：「負欠者誰，而取償於子？」出以告周，因謀出貲，假周進之。周益忿，語侵公子。鬼乃拘與俱行。無何，至邑，入見城隍。城隍呵曰：「無賴賊！塗眼猶在，又賴債耶！」周曰：「黃公子出利債，誘某博賭，遂被懲創。」城隍喚黃家僕上，怒曰：「汝主人開場誘賭，尚討債

◆馮鎮巒評點：此法治博者最妙，今之官吏何不仿而行之？

這個方法懲治賭徒最妙，現今的官吏何不仿效施行呢？

耶？」僕曰：「取貲時，公子不知其賭。公子家燕子谷，捉獲博徒在觀音廟，相去十餘里。公子從無設局場之事。」城隍顧周曰：「取貲悍不還，反被捏造！人之無良，至汝而極！」欲笞之。周又訴其息重。城隍曰：「償幾分矣？」答云：「實尚未有所償。」城隍怒曰：「本貲尚欠，而論息耶？」笞三十，立押償主。二鬼押至家，索賄，不令即活，縛諸廁內，令示夢家人。家人焚楮錠[19]二十提，火既滅，化為金二兩、錢二千。周乃以金酬債，以錢賂押者，遂釋令歸。既蘇，臀創墳起，膿血崩潰，數月始痊。後趙氏婦不敢復罵；而周以四指帶赤墨眼，賭如故。此以知博徒之非人矣！

異史氏曰：「世事之不平，皆由為官者矯枉之過正也。昔日富豪以倍稱之息[20]折奪良家子女，人無敢言者；不然，函刺一投，則官以三尺[21]法左袒之。故昔之民社官[22]，皆為勢家役耳。迨後賢者鑒其弊，又悉舉而大反之。有舉人重貲作巨商者，衣錦厭粱肉，家中起樓閣、買良沃。而竟忘所自來。一取償，則怒目相向。質諸官，官則曰：『我不為人役也。』是何異懶殘和尚[23]，無工夫為俗人拭涕[24]哉！余嘗謂昔之官諂，今之官謬：諂者固可誅，謬者亦可恨也。放貲而薄其息，何嘗專有益於富人乎？」

張石年[25]宰淄川，最惡博。其塗面游城，亦如冥法，刑不至墮指，而賭以絕。蓋其為官，甚得鉤距[26]法。方簿書旁午時[27]，每一人上堂，公偏暇，里居、年齒、家口、生業，無不絮絮問。問已，始勸勉令去，有一人完稅繳單，自分無事，呈單欲下。公止之。細問一過，曰：「汝何博也？」其人力辨生平不解博。公笑曰：「腰中尚有博具。」搜之，果然。人以為神，而並不知其何術。

1 敖戲：遊戲。此借指賭博。
2 葉子：古代用以賭博的紙牌。
3 撩零：即賭博。典出唐李肇《國史補．敘博長行戲》：「博徒強各爭勝謂之撩零，假借分畫謂之囊家，囊家什一而取謂之乞頭。」
4 貲：讀作「資」，資金。此處指賭錢用的本金。
5 放利債：類似今之高利貸。借錢給人並收取高額利息。
6 連垣：屋牆連綿不絕貌。垣，讀作「元」，矮牆。
7 大錢：面額大的錢。清代康熙年間鑄造大制錢與小制錢。大制錢又稱大錢，一千文折合白銀一兩；小制錢又稱小錢，一千文折合白銀七錢。
8 愨：讀作「卻」。誠實懇切。
9 小祟：稍微陷害一下。祟，此處作動詞用，作亂為害。
10 椓杙：讀作「卓藝」，釘在地上用來繫牲口的小木樁。此處作動詞用，指把木樁插入的動作。
11 紛拏：紛亂的樣子。拏，讀作「拿」。
12 斫去：砍去。斫，讀作「卓」，以刀斧砍削。
13 將指：讀作「匠紙」。手的中指，或指腳的大指頭。
14 墨朱：即黑色和紅色。
15 鐵豆：形容極為吝嗇小氣之人。
16 牒：讀作「蝶」。原意為官府發布的公文或證明文書。此指拘捕罪犯的公文，又稱拘票。
17 齦齦：讀作「銀銀」，咬嚙、爭辯之貌。
18 邑：縣衙。
19 楮錠：祭祀所用的紙錢，即冥紙。楮，讀作「楚」。
20 倍稱之息：和本金數目相同的利息，即加倍的利息。
21 三尺：法條的代稱。古代把法律條文寫在三尺長的竹簡上。
22 民社官：地方官員。
23 懶殘和尚：指唐代衡岳寺高僧明瓚禪師的別號，因為他個性懶惰，經常吃別人的剩菜剩飯，故有此號。
24 無工夫為俗人拭涕：明人翟汝稷《水月齋指月錄》記載：唐（德宗）派人召請明瓚禪師，他流淚滿面，使者見狀嘲笑他，要他擦眼淚。禪師回答：「我豈有工夫為俗人拭涕也。」
25 張石年：張嵋，字石年，仁和（今浙江省杭州市）人。康熙二十五年（西元一六八八年）任淄川知縣。
26 鉤距：審理案件時，反覆調查，詢問案情，再將得來的線索歸納，尋找出真相的方法。
27 方簿書旁午時：正當忙碌處理公文時。簿書，官方的文書。旁午，形容事務交錯繁雜。

白話翻譯

李信，當地賭徒，一天白天躺在床上午睡，忽然看見從前的賭友王大、馮九前來，邀他去賭博。李信也忘了他們是鬼，欣然跟隨，離家以後，王大要再去邀請同村的周子明。馮九領著李信先走，進入村東一座寺廟裡。不久，周子明果然和王大一同前來，馮九拿出紙牌，要大家一起賭錢。李信說：「匆忙間忘了帶賭本，辜負大家的盛情邀約，這該如何是好？」周子明也表示沒有準備賭資。王大說：「燕子谷有個黃八官人是專門放高利貸的，一同前往借錢，他一定會答應出借。」於是四人一同離去。不久，來到一個大村莊，村內高樓豪宅連綿不斷，王大指著其中一戶大門說：「這裡就是黃公子家。」

一個老僕從門裡出來，王大把來意告訴他，老僕入內稟報主人，不久後又出來，表示奉公子之命請王大、李信二人相見。兩人入內拜見公子，公子年約十八、九歲，與兩人有說有笑，和藹可親，他拿了一貫大錢交給李信，說：「我知道你素來忠厚老實，借錢無妨；至於周子明，此人我信不過。」王大費盡唇舌替周子明說情，黃公子便要求李信簽名作保，李信不肯，王大在一旁慫恿，李信才答應。黃公子於是又拿來一千文交給他，李信拿了錢踏出黃府，把錢交給周子明，並且轉告黃公子的意思，暗示他日後一定要還錢。

四人走出谷口，看見一個婦人走來，是村中趙某的妻子，她喜歡在口舌上爭強好勝。馮九說：「這裡沒人，我們給這個悍婦一點顏色瞧瞧。」就和王大合力捉住婦人，返回谷中。婦人大聲號叫，馮九抓起一把泥土塞進她嘴裡。周子明也跟著起鬨：「這種悍婦，應當拿根小木樁插進她的下體！」馮九聞言，扯下她的褲子，拿根長形的石塊用力朝婦人陰道捅了進去，婦人因此昏厥，就像死了一樣。眾人趕緊撤離，回到廟中開始賭博，從中午一直賭到深夜，李信成爲大贏家，馮九、周子明都把賭本輸光了。李信就把原先借的錢加上利息付給王大，讓他代爲還給黃公子。王大又把錢分給馮九、周子明，繼續開設新的賭局。賭了沒多久，聽見廟外人聲嘈雜，一個人疾奔而入，說：「城隍老爺親自捉拿賭徒，已到門外了！」四人大驚失色，李信顧不上拿錢，翻牆逃走了，其餘三人則顧著拿錢而都被捉拿。

一行人走出廟門，果然看見一個神仙坐在馬上，後面一連綁了二十幾個賭徒。天還沒亮，已經抵達縣城，城門打開，隊伍一路走了進去。來到官府衙門，城隍朝南坐下，傳喚犯人上公堂，拿起名冊點名。點名完畢，命人用利斧砍去這些賭徒的中指，又用黑紅兩色的墨塗抹在他們兩眼上，繞著縣城示眾三圈。押送的衙役向賭徒們索賄，答應替他們抹去眼睛上的顏料，大家都紛紛拿錢賄賂衙役，唯獨周子明不肯，推辭說他沒錢。差役要把他押送回家去拿錢，周子明也不肯。衙役指著他罵道：「你吝嗇得活脫就是顆鐵豆子，怎麼炒都不會爆！」隨即拱手離去。

周子明出城，用唾沫沾濕袖子，邊走邊擦眼睛，走到河邊看倒影，只見眼睛上的顏色仍

在，捧水沖洗也都洗不掉，他只能悔恨地回家。先前，趙妻有事回了趟娘家，天黑後仍未歸返，趙某於是去接她，走到谷口卻看見妻子倒在路旁。看她的樣子就知道她遇到了鬼，連忙把她嘴裡的泥巴挖出來，把她揹回家中。趙妻逐漸清醒，可以開口說話，趙某才知她的下體還被人塞了東西，費了好長時間才把陰道裡塞的長條石塊拔出來。趙妻描述路上遇到的事情，趙某勃然大怒，立刻到縣衙去，狀告李信和周子明。衙役持拘捕公文要捉拿李、周二人。李信剛才醒來，周子明還在昏睡，睡得像個死人，縣令便斥責趙某誣告，鞭打趙某一頓，又對趙妻動用刑罰，夫妻倆都拿不出證據為自己申辯。第二天，周子明醒來，兩個眼眶忽然變成一紅一黑，又大喊手指痛，一番察看下，發現中指筋骨已斷，只剩皮還連著，幾天後中指就脫落了，眼眶上的顏料也浸入皮膚，見到他的人都掩口偷笑。一天，周子明看見王大來討債，扯著嗓門說他沒錢，王大忿忿離去。家裡人一問之下，才知事情始末，都說神鬼無情，勸他償還。周子明執意不肯，爭辯著說：「現在地方官都袒護賴債的人，陰間和陽間應該沒什麼區別，更何況還是賭債！」

第二天，有兩個鬼差前來，說黃公子已向城隍投遞訴狀，要拘捕他前往審問；李信也看到鬼差前來，要帶他去作證。兩人同時死去，在村外相見，王大、馮九也都在。李信對周子明說：「你的眼眶還有染料，怎麼敢去見官呢？」周子明仍然堅持他沒錢。李信知道他吝嗇，就說：「你既然昧著良心賴帳，我只好去見黃公子，幫你把錢還了！」於是一同到黃公子家。李

王大
鏡從蓋子
谷中回又向
城隍座下來赤
黑眼眶冥罰在
漫誇劉赦是奇才

信入內把事情說清楚，黃公子不同意，說：「誰欠的債，卻要你還錢？」李信出來將這話轉達給周子明，跟他商量道，不如自己把錢給周子明，讓他當成是自己的錢拿去還。周子明更加惱怒，辱罵黃公子，鬼差就將周子明拘捕到衙門。不久，他們進去見了城隍爺，城隍怒斥道：「你這個無賴小賊！眼眶上的顏料還沒掉，又想賴債不還嗎？」周子明說：「黃公子借高利貸，引誘我去賭博，我才會遭到懲處！」城隍傳喚黃家的僕人上堂對質，大怒道：「你家主人開賭場引誘別人賭博，還敢討債嗎？」老僕稟告說：「借錢時，公子不知他們是要拿去賭博。公子家在燕子谷，他們是在觀音廟被捉到聚賭，兩地距離十幾里遠，公子不可能做這種開設賭場的事。」

城隍看向周子明，說：「借錢又賴帳不還，反而還揑造罪名陷害他人，你真是沒良心到極點了！」正欲鞭打他，周子明又控訴借錢的利息太高，城隍問：「你還多少了？」周子明說：「還沒還錢。」城隍怒道：「本錢還欠著，談什麼利息！」命人打他三十鞭。立即押他去還錢給債主。兩名鬼差把他押回家，向他勒索賄賂，不讓立即還陽，把他綁在廁所裡，叫他託夢給家人。家人燒了二十貫冥紙，火熄後變成二兩銀子、兩千錢。周子明拿銀子去償還賭債、拿錢賄賂鬼差，總算被釋放回家。等到甦醒後，屁股上被打的地方都腫了起來，膿血四溢，數個月後才痊癒。後來，趙某妻子不敢再亂罵人；而周子明剩下四根手指，眼眶一紅一黑，卻依舊賭博，由此可知賭徒們真不是人啊！

記下奇聞異事的作者如是說：「世間上不公平之事，都是因爲做官的矯枉過正的緣故。從前，富豪們用數倍高利貸，命欠錢的人用子女來償還債務，無人敢吭氣。否則，富豪們遞上名片，官員就用法律來袒護他們。以前的父母官，都是有錢有勢人家的僕役。後來，賢明的人發現這個弊端，又全部反其道而行。有人借很多錢去做買賣，成了富商，穿著錦衣，吃著山珍海味，家中蓋高樓、買良田，竟然忘了錢是從哪裡來。一向這種人討債，就怒目相向。債主去告官，官府就說：「我不是他人的僕役。」這和懶殘和尚說沒閒工夫爲俗人擦淚有何區別？我曾說以前的官員太諂媚，現在的官員太荒謬；諂媚的人固然當誅殺，荒謬的人同樣可恨。借錢給人而收取微薄的利息，誰說只有富人才能從中得到好處呢？」

張石年擔任淄川縣令時，最討厭賭博。他在賭徒的臉上塗顏料，捉他們去遊城，和陰間懲罰相同，卻不至於去砍人手指，賭博的風氣也能斷絕。張石年做官，很善於深究調查，歸納線索。當他忙碌於龐雜公務時，每有人上堂控訴，就騰出時間把人們的住處、年紀、家中人口、職業等等，都詳細問個清楚。問完後，勸勉一番，便飭令離去。有一個人繳完稅，以爲沒事了，遞上單子就要離開。張石年阻止他離去，按例把身家詢問過一遍，最後問：「你爲什麼要賭博？」那人極力爲自己辯護，說平生從未賭博。張石年笑說：「你的腰包裡藏著賭具呢。」命人搜查，果然搜了出來，人們都認爲他辦案如神，卻不知他用的什麼辦法。

牛犢

楚中[1]一農人赴市歸，暫休於途。有術人[2]後至，止與傾談。忽瞻農人曰：「子氣色不祥，三日內當退財[3]，受官刑。」農人曰：「某官稅已完，生平不解爭鬥，刑何從至？」術人曰：「僕亦不知。但氣色如此，不可不慎之也！」農人頗不深信，拱別而歸。次日，牧犢於野，有驛馬[4]過，犢望見，誤以為虎，直前觸之，馬斃。役報農人至官，官薄懲之，使償其馬。蓋水牛見虎必鬥，故販牛者露宿，輒以牛自衛；遙見馬過，急驅避之，恐其誤觸也。

1楚中：今湖北、湖南兩省的通稱。
2術人：此指相士。
3退財：即破財，損失金錢。
4驛馬：驛站傳遞文書的專用馬匹。

白話翻譯

湖北有位農夫去趕集，結束了將要回家，在途中休息時，有位算命先生走來，停下來和農夫交談。他忽然看著農夫說：「你的氣色不佳，三天內就會破財，並遭受官府的刑罰。」農夫說：「我的稅已經全部繳清，也一向不喜與人爭鬥，怎會遭到官府刑罰呢？」算命先生說：「我也不知，但你顯現出來的樣貌就是如此，不可不慎啊！」農夫不相信，向他拱手辭別回家。

第二天，農夫到野外放牛，有匹驛站的馬經過，小牛看見馬，誤以爲是老虎，衝上前用力去撞馬，把馬給撞死了。差役捉了農夫告到官府，縣官從輕發落，只讓農夫賠償買馬的費用。

原來，水牛看見老虎必定與之搏鬥，所以當牛販子露宿野外時，會用水牛來保護自己，若遠望有馬經過，就會趕緊把牛趕走避開，惟恐牠們誤傷馬匹。

樂仲

樂仲，西安人。父早喪，遺腹生仲。母好佛，不茹葷酒。仲既長，嗜飲善啖，竊腹誹[1]母，每以肥甘勸進，母咄之。後母病，彌留[2]，苦思肉。仲急無所得肉，刲[3]左股獻之。病稍瘥[4]，悔破戒，不食而死。仲哀悼益切，以利刃益刲右股見骨。家人共救之，裹帛敷藥，尋愈。心念母苦節，又慟母愚，遂焚所供佛像，立主[5]祀母，醉後，輒對哀哭。年二十始娶，身猶童子。娶三日，謂人曰：「男女居室，天下之至穢，我實不為樂！」遂去妻。

妻父顧文淵，浼戚[6]求返，請之三四，仲必不可。遲半年，顧遂醮女[7]。仲鰥居二十年，行益不羈：奴隸優伶皆與飲；里黨乞求，不靳與[8]；有言嫁女無釜者，揭灶頭舉贈之，自乃從鄰借釜炊。諸無行者知其性，咸朝夕騙賺之。或以賭博無貲[9]，對之欷歔，言追呼[10]急，將鬻其子。仲措稅金如數，傾囊遺之；及租吏登門，自始典質營辦。以故，家日益落。先是仲殷饒，同堂[11]子弟，爭奉事之，凡有任其取攜，莫之較；及仲蹇落[12]，存問絕少。仲曠達，不為意。

值母忌辰[13]，仲適病，不能上墓，欲遣子弟代祀；諸子弟皆謝以故。仲乃酹[14]諸室中，對主號痛，無嗣之戚，頗縈懷抱。因而病益劇。瞀亂[15]中，覺有人撫摩之，目微啟，則母也。驚問：「何來？」母曰：「緣家中無人上墓，故來就享，即視汝病。」問：「母向居何所？」母曰：「南海[16]。◆」撫摩既已，遍體生涼。開目四顧，渺無一人，病瘥。既起，思朝南海。會鄰村有結香社[17]者，即賣田

十畝，挾貲求偕。社人嫌其不潔[18]，共擯絕[19]之。乃隨從同行。途中牛酒薤蒜[20]不戒，眾更惡之，乘其醉睡，不告而去。仲即獨行。至閩遇友人邀飲，有名妓瓊華在座。適言南海之游，瓊華願附以行。仲喜，即待趣裝[21]，遂與俱發；雖寢食與共，而毫無所私。

既至南海，社中人見其載妓而至，更非笑之，鄙不與同朝[22]。仲與瓊華知其意，乃任其先拜而後拜之。眾拜時，恨無現示。及二人拜，方投地，忽見遍海皆蓮花[23]，花上瓔珞[24]垂珠；瓊華見為菩薩，仲見花朵上皆其母。因急呼奔母，躍入從之。眾見萬朵蓮花，悉變霞彩，障海如錦。少間，雲靜波澄，一切都杳，而仲猶身在海岸。亦不自解其何以得出，衣履並無沾濡。望海大哭，聲震島嶼。瓊華挽勸之，愴然下刹[25]，命舟北渡。途中有豪家招瓊華去，仲獨憩逆旅。有童子方八九歲，丐食肆中，貌不類乞兒。細詰[26]之，則被逐於繼母。心憐之。兒依依左右，苦求拔拯[27]，仲遂攜與俱歸。問其姓氏，則曰：「阿辛，姓雍。母顧氏。嘗聞母言：『適雍六月，遂生余。余本樂姓。』」仲大驚。自疑生平一度[28]，不應有子。因問樂居何鄉。答云：「不知。但母沒時，付一函書，囑勿遺失。」仲急索書。視之，則當年與顧家離婚書也。驚曰：「真吾兒也！」審其年月良確，頗慰心願。然家計日疏，居二年，割畝漸盡，竟不能畜僮僕。

一日，父子方自炊，忽有麗人入，視之，則瓊華也。驚問：「何來？」笑曰：「業作假夫妻，何又問也？向不即從者，徒以有老嫗在；今已死。顧念不從人，無以自庇；從人，則又無以

◆馮鎮巒評點：家有活觀音，對面即南海，世人若不知，空把菩薩拜。

家裡有個活觀音，對面就是南海，世人若不知此中真相，就只是把泥塑像當成真菩薩來朝拜罷了。

自潔；計兩全者，無如從君，是以不憚千里[29]。」遂解裝代兒炊。仲良喜。至夜，父子同寢如故，另治一室居瓊華。兒母之，瓊華亦善撫兒。戚黨聞之，皆餽[30]仲，兩人皆樂受之。客至，瓊華悉為治具，仲亦不問所自來。瓊華漸出金珠，贖故產，廣置婢僕馬牛，日益繁盛。仲每謂瓊華曰：「我醉時，卿當避匿，勿使我見。」華笑諾之。一日，大醉，急喚瓊華。華豔妝出。仲睨之良久，大喜，蹈舞若狂，曰：「吾悟矣！」頓醒。覺世界光明，所居廬舍，盡為瓊樓玉宇[31]，移時始已。從此不復飲市上，惟日對瓊華飲。瓊華茹素，以茶茗侍。

一日，微醺，命瓊華按股，見股上封痕，化為兩朵赤菡萏[32]，隱起肉際。奇之。仲笑曰：「卿視此花放後，二十年假夫妻分手矣。」瓊華信之。既為阿辛完婚，瓊華漸以家付新婦，與仲別院居。子婦三日一朝，事非疑難不以告。役二婢：一溫酒，一瀹茗[33]而已。一日，瓊華至兒所，兒媳咨白[34]良久，共往見父。入門，見父白足[35]坐榻上。聞聲，開眸微笑曰：「母子來大好！」即復瞑。瓊華大驚曰：「君欲何為？」視其股上，蓮花大放。試之，氣已絕。急以兩手捻合其花，且祝曰：「妾千里從君，大非容易。為君教子訓婦，亦有微勞。即差二三年，何不一少待也？」移時，仲忽開眸笑曰：「卿自有卿事，何必又牽一人作伴也？無已，姑為卿留。」瓊華釋手，則花已復合。於是言笑如初。

積三年餘，瓊華年近四旬，猶如二十許人。忽謂仲曰：「凡人死後，被人捉頭舁[36]足，殊不雅潔。」遂命工治雙槥[37]。辛駭問之。答云：「非汝所知。」工既竣，沐浴妝竟，命子及婦曰：「我將死矣。」辛泣曰：「數年賴母經紀，始不凍餒。母尚未得一享安逸，何遂捨兒而去？」曰：

「父種福而子享，奴婢牛馬，皆騙債者填償汝父，我無功焉。我本散花天女[38]，偶涉凡念，遂謫人間三十餘年，今限已滿。」遂登木自入。再呼之，雙目已含。辛哭告父，父不知何時已僵，衣冠儼然。號慟欲絕。入棺，並停堂中，數日未殮，冀其復返。光明生於股際，照徹四壁。瓊華棺內則香霧噴溢，近舍皆聞。棺既合，香光遂漸滅。

既殯，樂氏諸子弟覬覦其有，共謀逐辛，訟諸官，官莫能辨，擬以田產半給諸樂。辛不服，以詞質郡，久不決。初，顧嫁女於雍，經年餘，雍流寓於閩，音耗遂絕。顧老無子，苦憶女，詣婿，則女死甥[39]逐。告官。雍懼，賂顧，不受，必欲得甥。窮覓不得。一日，顧偶於途中，見彩輿過，避道左。輿中一美人呼曰：「若非顧翁耶？」顧諾。女子曰：「汝甥即吾子，現在樂家，勿訟也。甥方有難，宜急往。」顧欲詳詰，輿已去遠。顧乃受賂入西安。至，則訟方沸騰。顧自投官，言女大歸[40]日、再醮日，及生子年月，歷歷甚悉。諸樂皆被杖逐，案遂結。及歸，述其見美人之日，即瓊華沒日也。辛為顧移家，授廬贈婢。六十餘，生一子，辛顧卹之。

異史氏曰：「斷葷戒酒，佛之似也。爛熳天真，佛之真也。樂仲對麗人，直視之為香潔道伴[41]，不作溫柔鄉觀也。寢處三十年，若有情、若無情，此為菩薩真面目，世中人烏得而測之哉！」

1腹誹：嘴上不說，心中卻不以為然。
2彌留：病情嚴重瀕臨死亡。
3刲：讀作「虧」，以刀刺入、割破。
4瘥：讀作「折」的四聲，病癒。
5主：為死者所立的神主牌位。

6浼戚：向親戚懇求。浼，讀作「美」，請求。
7醮女：讓女兒改嫁。醮，讀作「叫」，女子結婚後改嫁。
8不靳與：不惜吝贈送。
9貲：讀作「資」，資金。此處指賭錢用的本金。

10追呼：指古代官吏催繳租稅的喝喊聲。典出《新唐書．陸贄傳》：「農桑廢于追呼，膏血竭于笞捶。」

11同堂：同祖的親屬。

12蹇落：家境困頓貧苦。蹇，讀作「剪」。

13忌辰：忌日。

14酹：讀作「類」，原意為以酒灑地祭祀鬼神，此處泛指酒。

15瞀亂：昏迷，神智不清醒。瞀，讀作「茂」。

16南海：指南海普陀山，位於浙江省定海縣東海中的一座小島上。世傳觀世音菩薩居於南海，故以之為佛教聖地。

17結香社：由信奉佛教的人組成的進香團體。

18不潔：此指不遵守戒律，不忌葷酒。

19擯絕：拒絕。擯，讀作「鬢」。

20薤蒜：泛指蔥韭薤蒜，均為齋戒者所忌。薤，讀作「泄」。

21趣裝：趕緊整裝上路。趣，讀作「促」，通「促」，催促之意。

22朝：朝拜。此指禮佛。

23蓮花：青蓮花，梵語優婆羅的意譯。佛教以青蓮花比喻佛的眼睛。

24瓔珞：串連珠玉而成的裝飾品。

25下剎：朝拜完畢，剎，讀作「岔」，佛寺、廟宇。

26詰：讀作「結」，問。

27拔拯：解救。

28一度：只與女人發生過一次性關係。

29不憚千里：不畏懼千里遠行之苦。憚，讀作「但」，害怕、畏懼。

30餪：讀作「暖」。古代婚俗中，由娘家送食物給出嫁的女兒稱為餪。此指贈送禮物。

31瓊樓玉宇：原指月亮裡的宮殿，此處有仙境之意。

32菡萏：讀作「翰旦」。荷花的別名。

33瀹茗：燒水泡茶。瀹，讀作「越」，烹煮。

34諮白：稟告，請示。

35白足：光腳。

36舁：讀作「魚」，抬、扛舉。

37槥：讀作「惠」，薄而小的棺材。

38散花天女：源自佛教《維摩詰經．觀眾生品》：「時維摩詰室有一天女，見諸大人聞所說說法，便現其身，即以天華散諸菩薩、大弟子上。」講述天女以散花來考驗菩薩聲聞弟子的道行。

39甥：此為外孫之意。

40大歸：古代稱婦女被丈夫休棄回娘家為大歸。

41香潔道伴：求道的夥伴。

白話翻譯

樂仲是西安人，是個遺腹子。母親信奉佛教，不沾葷腥。樂仲長大成人後，喜好吃喝，嘴上雖不敢明言，心中卻暗自嘲笑母親愚蠢，經常拿好吃的肥肉引誘母親享用，總是遭到母親斥喝。後來，母親一病不起，彌留之際忽然想吃肉，樂仲在倉促間無法弄來肉食，就從左腿上割下一塊肉燉給母親吃。母親吃了以後，病情稍微好轉，卻又後悔破戒，竟然絕食而亡。樂仲痛不欲生，心想母親是吃了他的肉才悔恨死去，不禁氣憤地用刀猛刺右腿，直至露出了骨頭。家裡的人急忙將他救下，替他敷藥把傷口包紮好，不久傷口總算痊癒。樂仲心中掛念母親守寡受苦，又悲痛母親太過愚癡，一氣之下，燒了母親生前供奉的佛像，換上母親的牌位，早晚祭祀供奉，但是經常喝醉酒，對著牌位痛哭。到了二十歲仍是童男的樂仲，娶了一房妻室，婚後三天，就對人說：「男女共居一室，眞是骯髒污穢！我感覺不到任何樂趣！」於是把妻子休掉，遣回娘家。

他的岳父顧文淵，哀求親戚在樂仲面前說好話，跑了三、四趟，樂仲執意不讓妻子回家。就這樣拖了半年，顧文淵只好讓女兒改嫁。二十歲的單身樂仲，行爲狂放，不論是奴僕官差，還是戲子樂工，都能與他一塊飲酒作樂。親戚鄰居上門向他借東西，他絲毫不吝嗇，聽到有人家嫁女兒還缺口鐵鍋，他就從自家的爐灶上把鐵鍋取下來送過去，自己則向其他鄰人借鍋煮

飯。鄉里的小混混知道樂仲這般性格，經常來騙取他的東西，有個賭徒缺賭本下注，就跑去向他抱怨，說家裡窮得繳不出稅來，官府催逼又緊，打算賣兒子繳稅。樂仲聽了就把所有的積蓄都拿出來，讓他去繳稅金，等到官差上門催自己的稅，只能典當家產籌措。因此，樂仲的家境越來越窮困，當他先前仍富裕時，同族子弟都爭相巴結他；只要是樂仲家裡有的，任由他們取用，樂仲絲毫不計較；待到家道中落時，這些人卻都銷聲匿跡，幸好樂仲性情豁達，未曾放在心上。

有一年的母親忌日，樂仲正好生了一場病，不能上墳，想請親戚代他前去祭奠，僕人上門去問，這些親族卻都找了各種理由推辭，無人願意幫忙。樂仲無可奈何，只得在家中祭奠，對著母親的牌位痛哭，他心想膝下無子，也沒人願意幫忙，自己的病勢越發沉重，病得昏昏沉沉之時，感到有人在撫摸他，睜眼一看，竟是死去的母親！樂仲驚訝地問：「母親，您怎麼來此？」母親回答：「無人替我上墳，所以來家裡享用祭祀，順便看看你的病情如何。」樂仲又問：「母親如今在何處？」母親又答：「南海。」待母親撫畢，樂仲只感通體清涼，病痛都消失了，睜開眼睛一看，室內空無一人，病已痊癒。

樂仲痊癒後，立志要去南海朝拜，然而無人肯陪他去。正好鄰村有結香社要去南海，樂仲於是變賣十畝田地，湊出錢來懇求結香社讓他加入。社中的人嫌棄他不茹素，都拒絕他的請求；樂仲不斷哀求，他們才勉強同意。他在一路上喝酒吃肉，用韭蒜爆香烹煮食物，葷腥味很大，大家都更加討厭他。眾人趁他喝得酩酊大醉時偷偷啓程，樂仲只好慢慢前行，一路走到福建，偶遇友人請他喝酒，有個叫瓊華的名妓也在宴席上。樂仲提起他要去南海，瓊華願意與他結伴前去，樂仲很高興，趕緊打點行李與她一同南下。二人雖然吃住都在一起，卻無任何男女私情。

到了南海，結香社的人剛準備好祭拜儀式，見他竟然帶妓女前來，越發瞧不起他，不屑與兩人一同朝拜。樂仲和瓊華也看出他倆不受歡迎，就讓其他人先拜，自己再上前參拜。眾人朝拜完，並無神跡出現，大家心情都十分沮喪；等到樂仲和瓊華上前叩拜，膝蓋才剛跪下，忽然遍海蓮花座，座上垂著串串瓔珞。瓊華看見上面坐著的都是菩薩，樂仲看到的卻是每個佛座上都坐著母親，急忙大喊大叫著向母親奔去，他跳到海中，眾人只見蓮花萬朵，忽然都變成絢麗的彩霞，像彩錦一樣鋪滿整個海面。不久，雲朵消散，海浪恢復平靜，一切景象都消失了，樂仲仍在岸上，他也不知是如何上岸的，衣服鞋襪絲毫沒沾濕。

樂仲望著海面大哭，哭聲震驚島嶼，瓊華扶著他不斷勸慰，也不禁流出淚來。兩人感慨良多，朝拜完畢後駕船北上，途中遇到一個富翁把瓊華召至家裡去，樂仲於是獨自住進旅館。他看見一個年約八、九歲的孩童在店鋪中乞討，看起來不像乞丐，上前仔細詢問，得知這孩子原來被繼母趕出了家門，對他心生憐憫。小孩求樂仲相救，他就把孩童帶回家中，詢問小孩姓氏，則答：「我叫阿辛，姓雍，母親姓顧。曾聽母親說，她嫁給一戶姓雍的人家，六個月後就

生下我，我的父親姓樂。」

樂仲聞言大驚，心想他這一生只有與前妻顧氏行房過一次，這孩子不可能是他的。他又問孩子家鄉何處，小孩答：「不知道。母親去世時，留給我一封書信，囑咐我不要弄丟了。」樂仲急忙討信一觀，竟是他寫給顧家的休書。樂仲大驚道：「你真是我的兒子！」又問明孩子的生辰也都相符，心中十分欣慰。然而此行後他的家境更加困苦，兩年後，田產也都變賣了，沒錢僱請僕人。

一天，父子二人正在煮飯，忽然有個美人進來，原來是瓊華。樂仲驚訝地問：「你怎會來此呢？」瓊華笑道：「我們已經做了對假夫妻，還有什麼可問的？先前沒有跟你回來，是因爲家中還有長輩要侍奉。如今她已故去，我想找個人當作依靠，但又不想與人發生男女關係，所以思來想去，只有跟著你才能兩全齊美，便不遠千里趕來了。」瓊華說完，就放下行李，替阿辛做飯。樂仲很高興。晚上，父子仍如常同睡，樂仲另外打掃一間屋子讓瓊華住下；阿辛認她爲母，瓊華待他也如親生兒子一般。親戚朋友聽說後，都按照嫁娶的禮節贈送食物給樂仲夫妻，二人都欣然收下。有客人來訪，瓊華總是準備豐盛的酒菜招待，樂仲也從不問酒菜來自何處。日子一天天過去，瓊華拿出金、珠之類的珍寶，把原先的家產相繼贖回，又廣置牲畜、僕人，家境越漸富裕。樂仲時常對瓊華說：「我喝醉時，你要躲起來，不要讓我看到。」瓊華笑著答應。

樂仲

聖孝幾同
不孝論
幸我一索
占初婚
破除常戒
持心戒
兩朵蓮卷
現股痕

樂仲

有一天，樂仲喝得酩酊大醉，呼喚瓊華甚急，她盛裝出來。樂仲醉眼迷濛地望著她，忽然間興奮得手舞足蹈起來，說：「我明白了！」他頓時清醒，只覺世界一片光明，所住的茅屋全變成瓊樓玉宇，過了一會兒才恢復原樣。從此之後，樂仲不再外出喝酒，每日與瓊華相伴，瓊華茹素，他也陪她煮水喝茶。

有一次，樂仲有些醉意，命瓊華替他按摩大腿，看見腿上疤痕，變成了兩朵紅色的荷花，隱隱突出肉際，瓊華很驚訝。樂仲笑道：「當這兩朵荷花盛開，你我二十年的假夫妻就做到頭了！」瓊華對此言深信不疑，替阿辛操辦完婚事，她慢慢把家務都交給兒媳婦打理，她和樂仲住在別院中。兒子、媳婦每天請安三次，家中沒有大事就不前去打擾，他們只有兩個奴婢伺候，一個負責溫酒，一個負責烹茶而已。有一天，瓊華到兒子住處，兒媳稟報請示了很多家務，過了許久才回來，阿辛跟她一起去見父親。進了門，見到父親打赤腳坐在榻上，聽見聲音後睜眼微笑道：「你們都來了，很好！」說完就閉上眼。瓊華大驚，問：「你要做什麼？」看看他的腿上，兩朵荷花已經盛開，用手放在鼻孔下試探，樂仲已經斷氣了。瓊華急忙將荷花捻合，祝禱說：「我不遠千里來此投奔你，已經很不容易，又為你教導兒子訓誡媳婦，沒有功勞也有苦勞。只差兩、三年，為什麼不再等等呢？」不久，樂仲又睜開眼，笑道：「你有自己的生活，何必非得拉人作伴呢？拿你沒辦法，暫且為你留下吧！」瓊華這才放開手，看見荷花又合上了，二人談笑如初。

又過了三年多，瓊華已年近四十，看起來仍像二十來歲的人。有一天，她忽然對樂仲說：「人死之後，被人捉頭抬腳，實在有礙觀瞻，也不乾淨。」竟找來木匠做了兩口棺材。阿辛驚訝地詢問何故，瓊華答：「這不是你能知道的事。」棺材做好了，瓊華沐浴梳妝，把兒子和媳婦叫來，說：「我要死了！」阿辛放聲大哭：「這些年多虧母親打理家務，全家人才不至挨餓受凍。母親還沒享幾天清福，怎麼竟撇下兒子要走呢？」瓊華道：「父親種下福田，由兒子來享受。咱們家的奴僕牛馬，都是那些騙錢的人還給你父親的，我沒有半點功勞。我本是散花天女，偶然動了凡念，被貶謫到人間三十年，現在期限已滿了。」說完，她就進入棺內躺下，阿辛再呼喚時，瓊華雙眼已經閉上。阿辛哭著跑去告訴父親，只見父親依然穿戴整齊，但也已過世了。阿辛悲慟欲絕，把父親的遺體收殮到另一口棺材中，和瓊華的棺木並排停放在大廳裡。連續幾天沒有發喪，期盼父親能活過來。此時，父親雙腿上散發出一陣亮光，照亮整間屋子；瓊華的棺內則是香氣四溢，連鄰居家都聞到了。棺材蓋上後，香氣和光亮才逐漸消失。

阿辛安葬完雙親，樂家子弟們又覬覦樂仲的家產，計畫把阿辛趕走。他們一狀告到官府，指控阿辛非是樂家子弟，官府也難分眞假，打算將樂仲的家產分一半給樂氏子弟們。阿辛不服，又上告郡縣，仍然久久不能判決。起初，顧文淵把女兒改嫁給姓雍的人，一年多後，雍某流落到福建，斷絕音訊。顧文淵臨老膝下無子，十分思念女兒，就到女婿家去探望，才知道女兒已經死了，外孫也被趕出家門，不知流落至何處。顧文淵大怒，寫下狀子告到官府，雍某感

到害怕，以錢財賄賂顧文淵，顧文淵不接受，堅持將外孫找回來。雍某到處尋找，還是沒有下落，夫妻都被官府用刑。有一天，顧文淵走在路上，看見一輛彩飾的車子行駛過來，便退讓到一旁。車裡坐著一名女子，這時突然對他喊道：「你不是顧老翁嗎？」顧文淵忙答應，女子說：「你外孫已經是我兒子了，現在就在樂家，你趕緊撤訴吧，你的外孫大難臨頭，你趕快去救他！」顧文淵正要仔細詢問，車子已經走遠了，他於是接受雍某的錢財與他和解，便急忙趕到西安。此時，樂家的官司才開始打，顧文淵到了官府，說明女兒被休棄回娘家的日子與改嫁的日期，以及生下兒子的確切時間，這才真相大白。樂氏子弟們被判誣陷罪，遭受鞭笞之刑，被逐出衙門，案子這才了結。

回家後，顧文淵講述他見到車中女子的那日，正是瓊華去世當天，那時官司還未開始，阿辛就讓顧文淵搬到自己家住，又分給他房子和僕人。直到六十多歲，顧文淵又生下一個兒子，阿辛也很照顧這個小舅舅。

記下奇聞異事的作者如是說：「不沾葷腥，遠離女色，這樣的生活與佛陀相似；天真浪漫的性情，也近似於佛的真心。樂仲對於美人，只把她當作純粹的求道夥伴，而非同床共枕的情侶，兩人共同居住三十年，像是有情，又似無情，這就是菩薩的真面目，世人怎麼會明白呢？」

香玉

勞山下清宮[1]，耐冬[2]高二丈，大數十圍[3]，牡丹高丈餘，花時璀璨似錦。膠州[4]黃生，舍讀其中。一日，自窗中見女郎，素衣掩映[5]花間。心疑觀中焉得此。趨出，已遁去。自此屢見之。遂隱身叢樹中，以伺其至。未幾，女郎又偕一紅裳者來，遙望之，豔麗雙絕。行漸近，紅裳者卻退，曰：「此處有生人！」生暴起。二女驚奔，袖裙飄拂，香風洋溢，追過短牆，寂然已杳。愛慕彌切，因題句樹下云：「無限相思苦，含情對短窗。恐歸沙吒利[6]，何處覓無雙[7]？」歸齋冥想。女郎忽入，驚喜承迎。女笑曰：「君洶洶似強寇，使人恐怖；不知君乃騷雅士，無妨相見。」生略叩生平。曰：「妾小字香玉，隸籍平康巷[8]。被道士閉置山中，實非所願。」生問：「道士何名？當為卿一滌此垢[9]。」女曰：「不必，彼亦未敢相逼。借此與風流士長作幽會，亦佳。」問：「紅衣者誰？」曰：「此名絳雪，乃妾義姊。」遂相狎。及醒，曙色已紅。女急起，曰：「貪歡忘曉矣。」著衣易履，且曰：「妾酬[10]君作，勿笑：『良夜更易盡，朝暾[11]已上窗。願如梁上燕，棲處自成雙。』」生握腕曰：「卿秀外惠中[12]，令人愛而忘死。顧一日之去，如千里之別。卿乘間當來，勿待夜也。」女諾之。由此夙夜必偕。每使邀絳雪來，輒不至，生以為恨。女曰：「絳姊性殊落落[13]，不似妾情癡也。當從容勸駕，不必過急。」

一夕，女慘然入，曰：「君隴不能守，尚望蜀耶[14]？今長別矣。」問：「何之？」以袖拭淚，

曰：「此有定數，難為君言。昔日佳作，今成讖語[15]矣。『佳人已屬沙吒利，義士今無古押衙』[16]，可為妾詠。」詰之，不言，但有嗚咽。竟夜不眠，早旦而去。生怪之。次日，有即墨[17]藍氏，入宮游矚，見白牡丹，悅之，掘移逕去。生始悟香玉乃花妖也，悵惋不已。過數日，聞藍氏移花至家，日就萎悴。恨極，作哭花詩五十首，日日臨穴涕洟。一日，憑弔方返，遙見紅衣人，揮涕穴側。從容近就，女亦不避。生因把袂，相向汍瀾[18]。已而挽請入室，女亦從之。歎曰：「童稚姊妹，一朝斷絕！聞君哀傷，彌增妾慟。淚墮九泉，或當感誠再作[19]；然死者神氣已散，倉卒何能與吾兩人共談笑也。」生曰：「小生薄命，妨害情人，當亦無福可消雙美。曩[20]頻煩香玉道達微忱，胡再不臨？」女曰：「妾以年少書生，什九薄倖；不知君固至情人也。然妾與君交，以情不以淫◆。若晝夜狎暱，則妾所不能矣。」言已，告別。生曰：「香玉長離，使人寢食俱廢。賴卿少留，慰此懷思，何決絕如此！」女乃止，過宿而去。數日不復至。

冷雨幽窗，苦懷香玉，輾轉床頭，淚凝枕席。攬衣更起，挑燈復踵前韻[21]曰：「山院黃昏雨，垂簾坐小窗。相思人不見，中夜淚雙雙。」詩成自吟。忽窗外有人曰：「作者不可無和[22]。」聽之，絳雪也。啟戶內之。女視詩，即續其後曰：「連袂人[23]何處？孤燈照晚窗。空山人一個，對影自成雙。」生讀之淚下，因怨相見之疏。女曰：「妾不能如香玉之熱，但可少慰君寂寞耳。」生欲與狎。曰：「相見之歡，何必在此。」於是至無聊時，女輒一至。至則宴飲唱酧[24]，有時不寢遂去，生亦聽之。謂曰：「香玉吾愛妻，絳雪吾良友也。」每欲相問：「卿是院中第幾株？乞早見示，

◆馮鎮巒評點：以情不以淫，語有至理。

絳雪與黃生以情感論交，而非是肉體的結合，這話說得很有道理。

僕將抱植家中，免似香玉被惡人奪去，貽恨百年。」女曰：「故土難移，告君亦無益也。妻尚不能終從，況友乎！」生不聽，捉臂而出，每至牡丹下，輒問：「此是卿否？」女不言，掩口笑之。旋生以臘歸過歲[25]。

至二月間，忽夢絳雪至，愀然[26]曰：「妾有大難！君急往，尚得相見；遲無及矣。」醒而異之，急命僕馬，星馳至山。則道士將建屋，有一耐冬，礙其營造，工師將縱斤[27]矣。生急止之。入夜，絳雪來謝。生笑曰：「向不實告，宜遭此厄！今已知卿；如卿不至，當以艾炷[28]相炙。」女曰：「妾固知君如此，曩故不敢相告也。」坐移時，生曰：「今對良友，益思豔妻。久不哭香玉，卿能從我哭乎？」二人乃往，臨穴灑涕。更餘，絳雪收淚勸止。又數夕，生方寂坐，絳雪笑入曰：「報君喜信：花神感君至情，俾[29]香玉復降宮中。」生問：「何時？」答曰：「不知，約不遠耳。」

天明下榻，生囑曰：「僕為卿來，勿長使人孤寂。」女笑諾。兩夜不至。生往抱樹，搖動撫摩，頻喚無聲。乃返，對燈團艾，將往灼樹。女遽入，奪艾棄之，曰：「君惡作劇，使人創痏[30]，當與君絕矣！」生笑擁之。坐未定，香玉盈盈而入。生望見，泣下流離，急起把握。香玉以一手握絳雪，相對悲哽。及坐，生把之覺虛，如手自握，驚問之。香玉泫然[31]曰：「昔，妾花之神，故凝；今，妾花之鬼，故散也。今雖相聚，勿以為真，但作夢寐觀可耳。」絳雪曰：「妹來大好！我被汝家男子糾纏死矣。」遂去。香玉款笑如前；但偎傍之間，彷彿一身就影。生悒悒[32]不樂。香玉亦俯仰自恨。乃曰：「君以白蘞[33]屑，少雜硫黃，日酹[34]妾一杯水，明年此日報君恩。」

別去。明日，往觀故處，則牡丹萌生矣。生乃日加培植，又作雕欄以護之。香玉來，感激倍至。生謀移植其家，女不可，曰：「妾弱質，不堪復戕。且物生各有定處，妾來原不擬生君家，違之反促年壽。但相憐愛，合好自有日耳。」生恨絳雪不至。香玉曰：「必欲強之使來，妾能致之。」乃與生挑燈至樹下，取草一莖，布掌作度[35]，以度樹本[36]，自下而上，至四尺六寸，按其處，使生以兩爪齊搔之。俄見絳雪從背後出，笑罵曰：「婢子來，助桀為虐[37]耶！」牽挽並入。香玉曰：「姊勿怪！暫煩陪侍郎君，一年後不相擾矣。」從此遂以為常。生視花芽，日益肥茂，春盡，盈二尺許。歸後，以金遺道士，囑令朝夕培養之。次年四月至宮，則花一朵，含苞未放；方流連間，花搖搖欲折[38]；少時已開，花大如盤，儼然有小美人坐蕊中，裁三四指許；轉瞬飄然欲下，則香玉也。笑曰：「妾忍風雨以待君，君來何遲也！」遂入室。絳雪亦至，笑曰：「日日代人作婦，今幸退而為友。」遂相談讌[39]。

至中夜，絳雪乃去。二人同寢，款洽一如從前。後生妻卒，遂入山，不復歸。是時，牡丹已大如臂。生每指之曰：「我他日寄魂於此，當生卿之左。」二女笑曰：「君勿忘之。」後十餘年，忽病。其子至，對之而哀。生笑曰：「此我生期，非死期也，何哀為！」謂道士曰：「他日牡丹下有赤芽怒生[40]，一放五葉者，即我也。」遂不復言。子輿之歸家。即卒。次年，果有肥芽突出，葉如其數。道士以為異，益灌溉之。三年，高數尺，大拱把[41]，但不花。老道士死，其弟子不知愛惜，斫[42]去之。白牡丹亦憔悴死；無何，耐冬亦死。

異史氏曰：「情之至者，鬼神可通。花以鬼從[43]，而人以魂寄[44]，非其結於情者深耶？一去而兩殉之，即非堅貞，亦為情死矣。人不能貞，亦其情之不篤耳。仲尼讀唐棣而曰『未思』45，信矣哉！」

1 勞山下清宮：勞山，位於今青島市嶗山區內。下清宮，山東嶗山上的道觀名。

2 耐冬：山茶花的別名。花期經冬季至翌年春季，故名耐冬。花色妍麗，有香氣，莖、葉、花皆可入藥。

3 數十圍：樹幹的圓周長。圍，長度單位，兩臂合抱的長度即一圍。數十圍用以形容樹幹健碩粗壯。

4 膠州：今山東省膠縣。

5 掩映：若隱若現，相互映照。

6 沙吒利：唐代許堯的撰傳奇小說《柳氏傳》中人物。故事敘述詩人韓翃與柳氏相戀，安史之亂時，柳氏被番將沙吒利所劫持，後得虞候許俊相助，才與韓翃復合。

7 無雙：唐代薛調所撰傳奇小說《無雙傳》中的人物，故事敘述劉無雙與王仙客訂有婚約，後因政治上的變動，無雙被迫入宮。王仙客求助於俠客古押衙，計畫將劉無雙從宮中救出。

8 平康巷：意指妓院。唐代時，平康坊位於長安丹鳳街，也稱平康里，為妓女聚居之地，後世以平康代指妓院。

9 一滌此垢：洗清這個恥辱。

10 酬：以詩文應和。

11 朝暾：早晨的陽光。暾，讀作「吞」。

12 秀外惠中：相貌美麗，內心聰明。惠，通「慧」。

13 落落：人的性情超脫非凡。

14 君隴不能守，尚望蜀耶：此二句作為成語「得隴望蜀」的化用。意即你連我都快要失去了，還敢奢望得到另一人嗎？

15 讖語：預測災異吉凶的言論或徵兆。此指先前預言的凶兆果然應驗。讖，讀作「襯」。

16 佳人已屬沙吒利，義士今無古押衙：宋代許顗《彥周詩話》引王晉卿詩句。意指美人已被歹徒所擒，卻無俠士能夠仗義搭救。古押衙，唐代傳奇小說《無雙傳》中的人物。押衙，官名，掌管皇帝儀仗與侍衛的職務。

17 即墨：古代縣名，今山東省即墨市。

18 汍瀾：流淚不止的樣子。汍，讀作「完」。

19 淚墮九泉，或當感誠再作：意指牡丹在黃泉，也會被真摯的情感給打動而再度復活。作，復活之意。

20 曩：讀作「囊」的三聲，以前、昔日之意。

21 踵前韻：依照先前詩作的韻腳來作詩。

22 和：和詩。意即用他人詩作的體裁、韻腳來作詩。

23 連袂人：同伴，指香玉。

24 酧：「酬」的異體字。以詩文、歌曲應和。

25 以臘歸過歲：在年底返鄉過節。臘，即臘月，農曆十二月。過歲，此指過新年。

26 愀然：神色憂怖的樣子。愀，讀作「巧」。

27 斤：斧頭。

28 艾炷：中醫針灸療法中的灸，點燃艾炷薰灸人體的經絡穴位，可達到治療疾病的效果。

29 俾：讀作「必」，使，使之。

30 創痏：也作「瘡痏」，創傷。痏，讀作「委」。

31 泫然：流淚的樣子。
32 悒悒：鬱鬱寡歡之意。悒，讀作「亦」。
33 白蘞：植物名，又稱「白草」。葡萄科蛇葡萄屬，木質藤本植物，供觀賞用。五、六月開黃綠色小花，漿果球形，根可入藥。蘞，讀作「練」。
34 酹：讀作「類」，原意為以酒灑地祭祀鬼神，此處指灌溉。
35 布掌作度：用手掌來衡量物體大小。
36 度樹本：測量樹幹。
37 助桀為虐：比喻幫助壞人為非作歹，即幫凶。出自《史記·卷五五·留侯世家》：「今始入秦，即安其樂，此所謂助桀為虐。」
38 折：綻放。

39 讌讌：宴飲談話。讌，宴飲，同「醼」，讀作「宴」。
40 怒生：形容植物蓬勃恣意地生長。怒，生氣蓬勃的樣子。
41 拱把：要兩手合抱才能圈住，形容樹幹極其粗壯。
42 斫：讀作「啄」，用刀具、斧頭削砍。
43 花以鬼從：指香玉死後為花之鬼，仍然與黃生在一起。
44 人以魂寄：指黃生死後魂魄依然留在香玉身邊。
45 未思：典出《論語·子罕》。「先秦有一首詩這麼寫著『唐棣之華，偏其反而。豈不爾思？室是遠而』，孔子說：『未之思也，夫何遠之有。』詩的意思是，唐棣樹開花了，翩然搖擺著，我難道不思念嗎？只是我離得太遠了。孔子則說，這不是真的思念，若是真的思念，又怎會覺得遠呢？

白話翻譯

勞山上有一座下清宮，道觀內種有一棵山茶花樹，約有兩丈高，樹幹有數十圍那麼粗，另外還有一株牡丹，足有一丈多高，花開時豔麗如同錦繡。有個膠州來的黃生住在道觀中讀書，一天望見窗外有一名女子，身穿素淨衣服，隱約出沒於花叢之中。黃生正在納悶，道觀中怎麼會有此美貌女子，急忙走出去，那女子卻早已沒了蹤影。從此之後，黃生經常看到她，他躲到樹叢中等她前來，不久，女子又偕同一名紅衣女子走來。遠遠望去，兩人都長得美豔絕倫，逐漸走近時，紅衣女子忽然往後退，說：「這裡有陌生人！」黃生趕忙站起來，兩名女子慌張跑走，衣袖長裙隨風飄舞，香氣也隨風飄散。黃生追著她們翻過矮牆，四周最後徒留靜寂無聲。

他心中對她們更加傾慕，便在樹上題詩云：「無限相思苦，含情對短窗。恐歸沙吒利，何處覓無雙？」黃生回到書齋，發著呆思念兩名美女，女子忽然闖進來，黃生又驚又喜上前迎接。女子笑道：「你來勢洶洶像個強盜，讓人驚懼，不曾想你居然是個雅好詩書的文人，見你一面倒也無妨。」黃生略問女子家世來歷，她說：「妾名喚香玉，是個青樓女子。被道士關在山中，無法離開。」黃生問：「那道士姓什名誰？我幫你設法。」香玉說：「不用了，他也不敢對我如何。正好藉機與你這個風流書生談談心，倒也不錯。」黃生問：「那個紅衣女子是誰？」香玉說：「她名喚絳雪，是我的義姐。」黃生遂與她歡好一夜。

等到醒來時，天已經快亮了。香玉急忙起床，說：「一晌貪歡，差點忘了天要亮了。」急忙穿衣換鞋，又對黃生說：「你寫了一首詩，我也回謝你一首。我用口述，你可別見笑：『良夜更易盡，朝暾已上窗。願如梁上燕，棲處自成雙。』」黃生握住她的手，說：「你眞是個秀外慧中的女子，讓人十分喜愛。縱使你我不過分離片刻，我也覺得如隔三秋，你若是得空就經常過來相會吧，不用等到夜晚才來。」香玉點頭允諾。從此兩人廝守不分日夜，形影不離。黃生每次詢問她邀請絳雪一同來訪，仍不見絳雪光臨，因此大失所望。香玉說：「絳雪姊的性格孤傲脫俗，不像我這般癡情。我會慢慢勸她，不必心急。」

一天晚上，香玉神情悲傷地前來，說：「你連我都快要失去了，還奢望得到絳雪嗎？我們恐怕再難相見了。」黃生問：「你要去哪裡？」香玉邊擦眼淚邊說：「這是命中註定的劫數，三言兩語說不清楚。那天你寫的詩句，今天可眞是要作爲預言應驗了。『佳人已屬沙吒利，義士今無古押衙。』就是我如今的寫照。」黃生又問，香玉不語，只是嗚咽哭泣，整夜都沒睡，天一亮就離開了。

黃生正覺奇怪，第二天就有個從即墨縣來的人到下清宮遊覽，此人姓藍，見到白牡丹非常喜歡，就拿起鏟子挖出來帶走了。黃生這才明白，原來香玉是花妖，他感到十分惋惜悲傷，過了幾天，聽說姓藍的把花移植到自家以後，花就憔悴枯萎而死了。黃生更加悲憤，作了《哭花》詩五十首，天天到白牡丹的坑穴前流涕淚弔。

這一天，他才前去憑弔，遠遠看見絳雪在坑洞旁邊流淚。他緩緩走上前去，絳雪見到他也不迴避，黃生於是抓著她的衣袖相對流淚。隨後他約她進屋，她也跟著進來，歎氣說：「從小一起長大的姊妹，忽然就死了！看到你這麼哀傷，更增添我的悲痛。你的淚水落入九泉，或許能感動香玉起死回生；只可惜她的神魂已經消散，短時間又怎能與我們重新團聚呢？」黃生說：「只怪小生命薄，連情人都無法保護，更遑論與兩位同時論交。從前時常請香玉代傳我的心意，奈何你就是不肯前來。」絳雪說：「我原先以爲你年輕，必定薄情寡義，想不到你居然是個性情中人。我若與你交往，只能以精神論交，並不願有男歡女愛的接觸。若要日夜形影不

香玉
花因情
死花當
哭花爲情
生花愈矣
可惜愛花人
去後鋸花風
雨便猖狂

離，恕妾難以從命。」說完，她起身要走。黃生說：「香玉香消玉殞，讓我廢寢忘食。只有你來此，才能稍微安慰我悲傷的情緒，爲何走得這麼急呢？」絳雪聽了，答應留下，只住了一晚，此後好幾天都不見蹤影。

冷雨幽窗，黃生苦思香玉，躺在床上輾轉難眠。淚水滴落枕頭上，他攬衣下床，坐在燈前，按照先前詩作的韻腳又寫了一首：「山院黃昏雨，垂簾坐小窗。相思人不見，中夜淚雙雙。」寫完獨自吟誦起來，忽聽窗外有人說：「聽到你吟頌的詩作，也請讓我唱和一首。」黃生聽了這聲音，知道原來是絳雪來了，趕忙開門請她入內。女子看到詩作，隨即接道：「連袂人何處？孤燈照晚窗。空山人一個，對影自成雙。」黃生讀完潸然落淚，責怪絳雪只肯偶爾前來。絳雪說：「我不像香玉那般熱情，但也可以稍微慰藉一下你的寂寞。」黃生要求與她歡好，絳雪則說：「男女之情，難道只限於肉體的歡愉嗎？」此後每當黃生苦悶寂寥時，絳雪就會前來聊表安慰。兩人飲酒作詩，絳雪並非每次都留宿過夜，黃生也不勉強她，總說：「香玉是我的愛妻，絳雪是我的好友。」

他時常問起絳雪：「院子裡哪一株花是你？早點告訴我，我要把你移植到我家中，免得像香玉那樣遭歹人挖走，讓我悔恨不已。」絳雪說：「故土難離，告訴你也無用。妻子尚且不能白頭偕老，何況是朋友！」黃生不肯，抓起她的胳臂往外走，走到每株牡丹花前問：「這棵是你嗎？」絳雪掩嘴笑而不答，直到不久後，臘月將至，黃生要回家鄉過年，此事不了了之。

到了二月時節，黃生忽然夢見絳雪前來，她神色悽楚地說：「我要大難臨頭了！你速速過來，還趕得及見上一面；晚了就來不及了。」黃生夢醒之後，感到十分詫異，急忙命僕人備馬，火速趕到山中。原來道士要加蓋房舍，有一棵山茶樹擋住而無法施工，工人要把這株山茶樹給砍了。這棵正是黃生夜裡夢見的花，他急忙阻攔，到了夜晚，絳雪前來道謝，黃生笑道：「從前你不肯說，才會有此一報！從此以後我知道哪棵花是你了；如果你敢不來，我就點燃艾草來薰你。」絳雪說：「我早就知道你會這樣做，所以才不敢說。」稍坐片刻，黃生說：「今天看見好友，讓我更加想念吾妻香玉。好久沒去憑弔她了，你能陪我去嗎？」兩人前往庭院，到土坑旁流淚感懷。一更天左右，絳雪擦乾淚水勸黃生別哭，回到屋裡。又過幾晚，黃生靜坐等候，絳雪笑著走入屋內，說：「告訴你一個好消息，花神被你的眞情所打動，要讓香玉還陽，依舊種在此處。」黃生問：「何時？」絳雪答：「我也不知，大概快了。」

天亮下床，黃生囑咐說：「我這次是爲了你才趕回來。不要讓我孤身一人，長夜寂寞。」絳雪笑著答應，過了兩夜卻仍不見她的蹤影。黃生跑到庭院去抱住山茶樹，邊搖邊摸，不斷叫喚但始終得不到回應。他悻悻然走回去，對著燈將艾草點燃，要去薰樹，絳雪突然進來，搶過他手中的艾草扔在地上，說：「你眞是可惡，竟然眞的想拿艾草燒我，早知道就該和你斷絕來往！」黃生笑著抱住她。才剛坐下，就見香玉步履輕盈地走進來。黃生看見，潸然淚下，急忙握住她的手。香玉伸出另一隻手握著絳雪，三人相對悲傷哭泣，一同坐下來互訴離情。

黃生握著香玉，感到很不眞實，好像只是在握自己的手，與以前的觸感不同。香玉哭著說：「從前，我是花妖，有眞實的形體；可如今，我只是一縷花魂，所以你無法觸碰到我。雖然我們能夠團聚，你也別當眞，只當作一場夢罷了。」絳雪說：「妹妹能來實在太好啦！我可被你的男人糾纏死了。」說完就走了。香玉仍像從前與黃生相處，然而與她親近時，只覺她的存在飄渺虛幻，這令黃生悶悶不樂。香玉感嘆地說：「你將肥料泡水，每天在我的花身上灑一杯，明年的今天，我會報答你的恩情。」

香玉說完就告辭了。第二天，黃生到道觀裡原先種牡丹的地方一看，發現已經開始發芽了。黃生按照香玉所言，每天施肥澆水，更做起雕欄保護它。香玉前來致謝，黃生想把牡丹移植到自家中，香玉不肯，說：「我的眞身很虛弱，沒辦法承受再一次移植。況且，你家中的土壤並不適合我生長，若是硬要如此，就等於違反自然的生長規律，我反而活不了。你只要心中有我，自然會有相聚的一天。」黃生又抱怨不見絳雪。香玉說：「你若眞想讓她現身，我倒有一個法子。」

香玉偕同黃生，拿著燈來到樹下，拿一根草丈量樹幹長度，從下而上到四尺六寸處，隨即用手按住，讓黃生用兩手一齊抓搔。不久，絳雪從後面繞出來，笑罵道：「你這死丫頭，竟然助桀爲虐！」絳雪就挽起香玉的手，一起走進屋內。香玉說：「姊姊莫要見怪！暫時麻煩你陪伴我的夫君，一年後就不會再打擾了。」從此以後，絳雪仍和以前一般時常前來。黃生到庭院去看牡丹花發芽的情況，長得越來越茂盛了，暮春時節已經長到兩尺高左右。黃生啓程回家以前，送了些錢給道士，請他早晚細心培育這株牡丹。第二年四月，黃生回到下清宮時，就見一只花蕾含苞待放；他正在花間流連踱步，花朵竟突然綻放，碩大一如瓷盤，一個小美人就坐在花蕊中，約有三四指長。美人轉瞬間飄然而下，仔細一看就是香玉。她笑道：「我飽經風霜等你前來，你爲何來得這樣遲呢？」兩人走進屋內，絳雪也來了，笑道：「我天天代你盡妻子的職責，虧得終於能夠做回朋友了。」黃生接著設宴，三人相對飲酒，有說有笑。

他們一直歡聚到半夜，絳雪離開，香玉與黃生這才上床就寢，兩人歡好一如往昔。後來黃生的妻子過世了，他就搬到道觀裡住，再也不回家。當時牡丹已經長到有如手臂那麼粗，黃生經常指著它說：「將來有一天我死了，魂魄仍會在這裡，我要長伴你左右。」兩名花妖笑道：「這可是你說的，將來可別忘記。」此後過了十幾年，黃生忽然罹病，他兒子前來探望，很是傷心。黃生笑道：「這是我的生期，並非死期，何必悲傷！」又對道士說：「將來有一天，牡丹花下會有株紅芽蓬勃生長，一長就是五片葉子，那就是我。」隨後不再說話。兒子僱來車馬帶黃生回家，黃生隨即過世了。第二年，牡丹花旁果然有株肥大的芽從土裡冒出，葉片數量正如黃生生前所述。道士感到詫異，很用心地澆灌這棵樹，三年後便長到數尺高，樹幹粗得要用兩手合抱，但不會開花。老道士死後，弟子們不知愛惜，因爲此樹不開花，就把它砍掉了。沒多久，白牡丹憔悴而死；再不久，山茶花也枯死了。

記下奇聞異事的作者如是說：「用情到了至深之處，連鬼神都能被感動。香玉即使死了變成鬼，也要與黃生在一起；而黃生死後，魂魄也依附在香玉身邊，二人的情感不可謂不深吧？黃生化成的樹死了，兩株花也爲了它而殉情，就算不是爲它守貞，也算是爲情而死。人不能堅貞不渝，就如同情感不眞誠。孔子讀了先秦的〈唐棣〉一詩之後說，嫌棄路途遙遠的思念絕非眞心思念，這話果然不假。」

三仙

一士人赴試金陵，經宿遷①，遇三秀才，談論超曠②，遂與沽酒款洽。各表姓字：一介秋衡，一常豐林，一麻西池。縱飲甚樂，不覺日暮。介曰：「未修地主之儀，忽叨盛饌，於理不當。茅茨③不遠，可便下榻。」常、麻並起捉裾④，喚僕相將俱去。至邑北山，忽睹庭院，門遶清流。既入，舍宇清潔。呼童張燈，又命安置從人。麻曰：「昔日以文會友，今場期伊邇，不可虛此良夜。請擬四題，命鬮⑤各拈其一，文成方飲。」眾從之。各擬一題，寫置几上，拾得者就案構思。二更未盡，皆已脫稿，迭相傳視。秀才讀三作，深為傾倒，草錄而懷藏之。主人進良醞⑥，巨杯促釂⑦，不覺醺醉。主人乃導客就別院寢。客醉不暇解履，和衣而臥。及醒，紅日已高，四顧並無院宇，主僕臥山谷中。大駭。見傍有一洞，水涓涓流，自訝迷惘。視懷中，則三作俱存。下問土人，始知為「三仙洞」。蓋洞中有蟹、蛇、蝦蟆三物，最靈，時出游，往往見之。士人入闈⑧，三題⑨即仙作，以是擢解⑩。◆

◆但明倫評點：擢解之文，而出之於怪，已奇。怪而為蟹，為蛇，為蝦蟆，則更奇。恨未睹其文，不知其氣味果居何等耳。

考中舉人的文章，竟是出自妖怪之手，已是一樁奇事；這些妖怪是螃蟹、蛇、蛤蟆一類，就更為奇怪了。只恨沒親眼見過那幾篇文章，不知文風格調位在哪個品階。

1宿遷：古代縣名。今江蘇省宿遷市。
2超曠：出眾不凡，氣度恢弘。
3茅茨：茅草蓋的房屋。此處謙稱自己的家，意即寒舍。茨，讀作「慈」。
4捉裾：提起衣服的前襟，即站直起身。裾，讀作「居」，原指衣服的前襟，古人的上衣為長版樣式，故裾會往下延伸，或覆住下裳（裙褲一類），或覆往身體右後方。
5鬮：讀作「糾」。用來抽籤以定勝負或以卜吉凶之物，可以是紙條、草等。
6良醞：美酒佳釀。醞，讀作「韻」，酒。
7釂：讀作「叫」，一飲而盡，俗稱「乾杯」。
8入闈：進入科舉考試的考場。
9三題：鄉試、會試初場的考文七篇中，「四書」占三題，「五經」占四題，其中四書三題是中榜的關鍵。
10擢解：考取解元，即鄉試第一名。擢，讀作「卓」，提拔、提攜。解，讀作「界」。

白話翻譯

某書生前往金陵赴試，途經宿遷縣，遇到三位秀才，他們的談吐卓越不凡，氣度恢弘。某生很欣賞他們，買酒與之暢飲，交流感情。三人各自介紹姓字，一個叫介秋衡，一個叫常豐林，最後一個叫麻西池。他們縱情飲酒，十分愉快，不知不覺間天黑了，介秋衡說：「我們還沒盡地主之誼，突然叨擾客人一頓酒菜，於理不合。寒舍離此不遠，可前往住宿。」常、麻二人一同起身，拉著書生的衣服，喚來僕人一起回去。

到了城北山區，忽然看到一座宅院，門口圍繞著一條清澈的溪流。進入屋內，房屋打掃得很乾淨。三位秀才呼喚小童點燈，又命人安頓某生的隨從。麻西池說：「以前都是以文會友，

三儒
定是胡盧有夙因不然遇合
抑何神文章出自仙人筆
浔意秋闈第一人

現在科考將近，不能浪費今晚。請擬四道題目，每人各抽一籤，寫完文章才能喝酒。」大家都同意，每個人各出一道題目，寫好放到桌案上，抽到的人就在桌案上構思寫作。二更還沒過完，四人都已寫完，互相傳閱觀視。某人讀了三篇文章，深爲拜服，迅速抄下放入懷中。主人拿出佳釀，更拿大杯子勸客乾杯，某人不知不覺間醉倒了，起身便欲告辭。

主人領他到別院就寢，某人喝得爛醉如泥，還沒來得及脫鞋，穿著衣服就睡著了。等他醒來，已經日上三竿，環顧四周並無宅院，只有主僕二人睡在山谷裡。某人大驚，趕緊叫僕人起身，看見旁邊有個山洞，一股清泉緩緩而下。正在驚訝迷惘時，探視懷中，三篇文章都還留著。下山詢問當地人，才知昨晚住宿的地方叫「三仙洞」，洞裡有螃蟹、蛇、蛤蟆三種動物，最爲靈驗，牠們經常出洞閒逛，被人們看到。某人進了考場，四書的三道題目正好是三位仙人所作，某生因此考中舉人。

鬼隸

歷城[1]縣二隸，奉邑令韓承宣[2]命，營幹[3]他郡，歲暮方歸。途遇二人，裝飾亦類公役，同行話言。二人自稱郡役。隸曰：「濟城快皂[4]，相識十有八九，二君殊昧生平。」二人云：「實相告：我城隍鬼隸也。今將以公文投東嶽[5]。」隸問：「公文何事？」答云：「濟南大劫，所報者，殺人之名數也。」驚問其數。曰：「亦不甚悉，約近百萬。」隸問其期，答以「正朔」[6]。二隸驚顧，計到郡正值歲除[7]，恐罹於難；遲留恐貽譴責。鬼曰：「違悞[8]限期罪小，入遭劫數禍大。宜他避，姑勿歸。」隸從之。未幾，北兵[9]大至，屠濟南，扛尸百萬。二人亡匿得免。

1歷城：古代縣名，今山東省濟南市歷城區。
2韓承宣：字長卿，山西蒲州（今山西省永濟市）人。崇禎七年（西元一六三四年）進士，曾任淄川、歷城知縣。
3營幹：處理公務。
4快皂：捕快。古代官署內擔任緝捕等工作的差役。
5東嶽：泰山。古代傳說中，東嶽大帝掌管天地人間的生死禍福。
6正朔：正月初一。
7歲除：除夕。
8違悞：延誤限期而違逆了命令。悞，同「誤」，是誤的異體字。
9北兵：指滿清的士兵。

白話翻譯

歷城內兩名衙隸，奉縣令韓承宣之命，到別的郡縣處理公務，年底才回去。他們半路上遇到兩個人，穿著服飾也像是差役，就同行走了半天，順勢聊了起來。二人自稱也是府裡的差役，歷城衙隸便說：「濟南城的捕快，我們大部分都認識，你們兩位卻素未謀面。」二人說：「實言相告：我們是城隍的鬼差。現在要去泰山送公文給東嶽大帝。」衙隸問：「文件裡寫的內容是什麼？」鬼差回答：「濟南將有大劫，呈報的內容，就是將死的人數與姓名。」

衙隸驚訝地詢問人數多少，鬼差說：「我們也不太清楚，大約近一百萬人。」衙隸更加驚駭，問起時間，回答是「大年初一」。二名衙隸相互對望，估計趕回濟南時正值除夕，恐怕遭逢劫難；延遲交差時日又怕受到懲罰。鬼差說：「延誤期限只是小過，進入濟南遭逢不幸卻是大禍。應該到別處躲避，暫且不要回去。」衙隸照鬼差的話去做，繞著岔路迂迴家。不久，果有大批清兵湧入濟南屠城，殺了一百萬人，兩名衙隸因躲避在外而倖免於難。

外國人

己巳秋1，嶺南2從外洋飄一巨艘來。上有十一人，衣鳥羽，文采璀璨。自言：「呂宋國3人。遇風覆舟，數十人皆死；惟十一人附巨木，飄至大島得免。凡五年，日攫鳥蟲而食；夜伏石洞中，織羽為帆。忽又飄一舟至，櫓4帆皆無，蓋亦海中碎於風者，於是附之將返。又被大風引至澳門。」巡撫題疏5，送之還國。

1己巳秋：康熙二十八年（西元一六八九年）。
2嶺南：今廣州市。
3呂宋國：古國名。在今菲律賓群島的呂宋島。
4櫓：划水讓船前行的工具。
5題疏：向朝廷上奏章。

白話翻譯

康熙二十八年秋天，嶺南有一艘從外海漂來的巨大船隻。上面有十一個人，穿著鳥羽服飾，花紋璀璨絢麗。他們說：「我們是呂宋國來的人。在海上遇到大風，船隻傾覆，死了數十

個人；剩下十一個人依憑著一根大木頭，漂到一座大島嶼上，才倖免一死。經過五年時間，我們白天靠捉捕鳥蟲充飢；夜晚躲在石洞中，用鳥羽編織成帆。忽然又漂來一艘船，櫓、帆都沒有，想必也是在海上被大風吹壞的，於是就乘這艘船想要回國，又被海上大風吹到了澳門。」

巡撫把此事寫成奏章上報朝廷，送他們回國。

王十

高苑[1]民王十，負鹽於博興[2]。夜為二人所獲。意為土商[3]之邏卒也，舍鹽欲遁；足苦不前，遂被縛。哀之。二人曰：「我非鹽肆中人，乃鬼卒也。」十懼，乞一至家，別妻子。不許，曰：「此去亦未便即死，不過暫役耳。」十問：「何事？」曰：「冥中新閻王到任，見奈河[4]淤平，十八獄坑廁俱滿，故捉三種人淘河：小偷、私鑄[5]、私鹽；又一等人使滌廁：樂戶[6]也。」十從去，入城郭，至一官署，見閻羅在上，方稽名籍。鬼稟曰：「捉一私販王十至。」閻羅視之，怒曰：「私鹽者，上漏國稅，下蠹[7]民生者也。若世之暴官奸商所指為私鹽者，皆天下之良民。貧人揭錙銖之本[8]，求升斗之息，何為私哉！」罰二鬼市鹽四斗，並十所負，代運至家。留十，授以蒺藜骨朵[9]，令隨諸鬼督河工。

鬼引十去，至奈河邊，見河內人夫，繈續[10]如蟻。又視河水渾赤，臭不可聞。淘河者皆赤體持畚鍤[11]，出沒其中。朽骨腐尸，盈筐負舁[12]而出；深處則滅頂求之。惰者輒以骨朵攻背股。同監者以香綿丸如巨菽[13]，使含口中，乃近岸。見高苑肆商[14]，亦在其中，十獨苛遇之：入河楚背，上岸敲股。商懼，常沒身水中，十乃已。經三晝夜，河夫半死，河工亦竣。前二鬼仍送至家，豁然而蘇。先是，十負鹽未歸，天明，妻啟戶，則鹽兩囊置庭中，而十久不至。使人遍覓之，則死途中。舁之而歸，奄有微息，不解其故。及醒，始言之。肆商亦於前日死，至是始蘇。骨朵擊處，

皆成巨疽，渾身腐潰，臭不可近。十故詣之。望見十，猶縮首衾中，如在奈河狀。一年，始愈，不復為商矣。

異史氏曰：「鹽之一道，朝廷之所謂私，乃不從乎公者也；官與商之所謂私，乃不從乎其私者也。近日齊、魯新規，土商隨在設肆，各限疆域。不惟此邑之民，不得去之彼邑；即此肆之民，不得去之彼肆。而肆中則潛設餌以釣他邑之民：其售於他邑，則廉其直；而售諸土人，則倍其價以昂之。而又設邏於道，使境內之人，皆不得逃吾網。其有境內冒他邑以來者，法不宥。彼此互相釣，而越肆假冒之愚民益多。一被邏獲，則先以刀杖殘其脛股，而後送諸官；官則桎梏之，是名『私鹽』。嗚呼！冤哉！漏數萬之稅非私，而負升斗之鹽則私之；本境售諸他境非私，而本境買諸本境則私之，冤矣！律中『鹽法』最嚴，而獨於貧難軍[15]民[16]，背負易食者，不之禁；今則一切不禁，而專殺此貧難軍民！且夫貧難軍民，妻子嗷嗷，上守法而不盜，下知恥而不倡；不得已，而揭十母而求一子[17]。使邑盡此民，即『夜不閉戶』[18]可也，非天下之良民乎哉！彼肆商者，不但使之淘奈河，直當使滌獄廁耳！而官於春秋節[19]，受其斯須[20]之潤，遂以三尺法[21]助使殺吾良民。然則為貧民計，莫若為盜及私鑄耳：盜者白晝劫人，而官若聾；鑄者爐火亙天[22]，而官若瞽[23]；即異日淘河，尚不至如負販者[24]所得無幾，而官刑立至也。嗚呼！上無慈惠之師[25]，而聽奸商之法，日變日詭，奈何不頑民日生，而良民日死哉！」◆

各邑肆商，舊例以若干石[26]鹽貲，歲奉本縣，名曰：「食鹽」。又逢節序[27]，具厚

◆何守奇評點：肆商之弊宛然。

店鋪鹽商之弊端顯而易見。

儀。商以事謁官，官則禮貌之，坐與語，或茶焉。送鹽販至，重懲不違。張公石年令淄川，肆商來見，循舊規，但揖不拜。公怒曰：「前令受汝賄，故不得不隆汝禮；我市鹽而食，何物商人，敢公堂抗禮乎！」捋袴將笞。商叩頭謝過，乃釋之。後肆中獲二負販者，其一逃去，其一被執到官。公問：「販者二人，其一焉往？」販者曰：「逃去矣。」公曰：「汝腿病不能奔耶？」曰：「能奔。」公曰：「既被捉，必不能奔；果能，可起試奔，驗汝能否。」其人奔數步欲止。公曰：「奔勿止！」其人疾奔，竟出公門而去。見者皆笑。公愛民之事不一，此其閒情，邑人猶樂誦之。

1 高苑：古代縣名，今山東省高青縣。
2 博興：今山東省博興縣。
3 土商：當地鹽商。
4 奈河：佛教語。地獄中的河名，即俗稱的奈何橋。
5 私鑄：鑄造假錢。
6 樂戶：經營妓院的人。
7 蠹：蛀蟲。此指殘害百姓。
8 揭錙銖之本：借少量的本錢。揭，舉，此指舉債。錙銖：極小的計算單位，比喻很少量。
9 蒺藜骨朵：古代兵器名，用鐵或堅硬的木頭製成，前端塑成蒜頭或蒺藜果形狀的棒狀武器。也會用於古代儀仗中，俗稱「金瓜」。蒺藜，植物名，一年生草本，生長於海濱沙地，果實呈球形，皮很堅硬，有五對尖銳的刺和粗毛，又稱「升推」。
10 繈續：絡繹不絕。繈，讀作「搶」，繩索。
11 畚鍤：讀作「本茶」，挖掘和搬運泥土的工具。畚，箕也，盛裝塵土的工具。鍤，鍬，挖掘泥土的工具。
12 舁：讀作「魚」，抬、扛舉。
13 菽：讀作「叔」，豆粒，也作豆類的總稱。
14 肆商：開設有店鋪的商戶，此指店鋪鹽商。
15 軍：軍戶，指編入軍籍的戶口。始於南北朝；至清代，編制中，在地方開墾駐守的屯丁也稱軍戶，社會地位低下，生活困苦。
16 民：民戶，清代的一種戶籍編制。土著、流寓入籍、八旗銷除旗檔或漢軍出旗，以及於所在地方安置為民者，都稱為民戶。
17 揭十母而求一子：意謂借錢來做生意，以賺取微薄的利潤。母，指本金；子，指營收的利潤。
18 夜不閉戶：夜晚不用關門，也不會遭小偷。比喻治安極好。

19 春秋節：一年四季中的重要節日。春秋，指四季。

20 斯須：片刻、暫時。此處指少許。

21 三尺法：指法律。

22 亙天：通天。

23 瞽：讀作「古」，盲人。此為裝聾作啞之意。

24 負販者：指裝載貨物四處叫賣，以此維持生計的小商販。

25 師：此指長官。

26 石：讀作「但」，計算容量的單位。十斗為一石。

27 逢節序：逢年過節。

白話翻譯

高苑縣人王十，從博興縣揹鹽返家，晚上被兩個人捉住。王十以爲是當地大鹽商的巡邏員，於是把鹽扔下想要逃跑，腳卻不聽使喚，無法動彈，他就被這兩人捆住了。王十向他們苦苦哀求，那二人說：「我們不是鹽鋪僱來的，而是陰間的鬼差。」王十聽了更害怕，求他們先讓他回家，向妻兒告別。鬼差不答應，說：「去了陰間也不一定會死，不過是暫時性的服勞役。」王十問：「是什麼事？」鬼差答：「陰司有新閻王上任，察覺奈河已經堵塞，十八層地獄中的茅坑都積滿糞便，命我們捉人世間的三種人：小偷、走私鹽販和鑄私錢的人，去奈河疏通河道，捉妓女戶的人去清掃廁所。」王十沒有選擇，只能跟著鬼差走了。

三人來到一座城市，走進官衙中，見到閻王坐在上面，正在稽查生死簿。鬼差向閻王稟報：「捉了一個賣私鹽的，名叫王十。」閻王往下一瞧，大怒道：「賣私鹽的是指那些上不繳國家稅賦、下向百姓牟取暴利的大鹽商！這些人世間貪官奸商所說的走私鹽販，反而都是天下奉公守法的老百姓！窮人靠著微薄的資本，賺取生活所需的利潤，怎麼能算是『私』呢？」罰這兩個鬼差再去買四斗鹽，連同王十原來所要販售的分，一起送回王十家中；又將王十留下，給了他一根蒺藜棒，讓他和鬼差一起監督疏通河道的工人。

鬼差帶著王十來到奈河，看到疏通河道的工人們像螞蟻一樣川流不息。河水又渾又紅，惡臭難聞，疏通河道的人都赤裸著身子，手拿竹筐和鐵鍬出沒在河水裡，打撈腐朽的屍骨，滿滿一簍地裝在籮筐裡，再將竹筐揹到岸邊。屍骨如在水深處，工人就得潛入水中去打撈，動作要是稍微怠慢，鬼差就用蒺藜棒打他們的脊背或大腿。一起監工的鬼差給王十一顆豆粒大小的香丸，讓他含在嘴裡，才領著他走到河邊。王十發現高苑的大鹽商也在這堆人之中，就對他特別嚴苛，大鹽商若在河中淘屍，就出手打他的背，上岸了就敲他的腿，嚇得那個鹽商時常躲在水裡不敢出來，王十才放過他。

三個日夜過去，疏通河道的工人死了一半，河道總算淘完。先前的鬼差把王十送回陽間，王十一到家便豁然甦醒。先前，王十賣鹽一直未歸，天亮後，王十的妻子打開門，看見兩袋鹽放在院子裡，卻沒見到王十，就四處派人尋找，發現王十已死在路上，然而抬回家後還有微弱的呼吸，眾人都不知是何緣故。等到王十醒來，他才把事情原委說了一遍。高苑的大鹽商在前天也死了，現在也甦醒過來，身體被蒺藜棒打過之處，都長了巨大的毒瘡，全身潰爛惡臭，讓人不敢靠近。王十故意前往拜訪，大鹽商看見他，就用棉被蓋住頭不敢直視，像在奈河時一

樣。過了一年，大鹽商的毒瘡才痊癒，但是從此以後，他也不再經商賣鹽了。

記下奇聞異事的作者如是說：「有關鹽務政策，朝廷所謂的私，是指不遵照法律；官商認定的私，是指不遵循他們所制定規則。最近山東一帶又有新規定，當地鹽商設立的店鋪，各自有其限定的營業區域。不只是本縣的人不能去其他縣市買鹽，就連這個店的人也不能到其他店去買，店鋪卻又想盡辦法吸引其他縣市的人來買鹽。店鋪鹽商用很低的價格賣鹽給外地人，賣給當地人時卻漲了好幾倍價錢。這些鹽鋪老闆又在路上派人巡查，讓境內的人只能跟他買高價的鹽；若有當地人冒充外來買家，一被查獲就絕不寬貸。各州縣的鹽商彼此利誘，而假冒外來客或到區域外買鹽的愚民就越來越多，一旦被鹽商的巡邏人員查到，先用刀棍打斷腿，再送交官府處置；官府又對這些百姓羈押懲處，稱爲『私鹽』。唉！眞是冤枉啊！逃漏幾萬稅賦的人不叫私，而升斗小民挑了少數的鹽做買賣卻叫私；本地賣給外地的鹽不叫私，本地人在本地買鹽叫私，眞是太冤了！法律中，鹽法最爲嚴格，而唯獨對貧困的軍戶和民戶格外開恩，不禁止他們揹著鹽袋買賣來換取糧食。現在則是全都不禁止，而專門戕害這些貧困的軍戶民戶。況且這些貧困的軍戶民戶，家中有妻子要養，有孩子嗷嗷待哺，男人奉公守法不去搶劫，女人知廉恥不當娼妓，不得已而拿些微的本錢去獲取微薄的利潤。如果這個縣的百姓都是如此，那麼晚上睡覺不關門也可安心，可惜並非天底下人都是良民啊！那些無良的店鋪商人，不但要讓他們去疏通河道，眞該再叫他們去刷茅坑！至於那些貪官汙吏，每當逢年過節收受賄賂，轉頭便用

王十
國課何曾按引償
誰分私販共官商
奈河何日重挑濬
應有人愁骨朵傷

嚴刑峻法幫助大商人殘害善良人民。若爲了貧民著想，還不如叫他們去當盜賊或是鑄私錢算了。強盜就是白天搶劫，官府像個聾子；鑄假錢時爐火漫天，官府像個瞎子；就算有天要去疏通奈河，也不至於像揹著鹽袋賣鹽的小販，不但沒賺幾個錢，又被官府立刻用刑。哎呀！在上位者沒有慈悲心的長官，反而聽任奸商所訂的規矩，規矩又一改再改，難怪歹徒越來越猖獗，而良民越來越沒生路了。」

本縣的鹽商，奉送了等同幾石鹽的錢給知縣，稱爲「食鹽」，逢年過節又另備厚禮。鹽商有事拜見知縣，知縣就對他們很禮遇，總會對坐說話或者奉茶。一旦捉到私下賣鹽的小商販，動輒嚴厲懲處，決不寬貸。張石年做淄川知縣時，鹽商來拜見他，照舊規矩只作揖，不下跪叩拜。張大人怒道：「前縣令收你賄賂，所以不得不對你畢恭畢敬。我堂堂正正買鹽來吃，你是什麼商人，竟敢在公堂上與我平起平坐。」就叫衙役脫下他的褲子，準備行刑。鹽商急忙叩頭謝罪，這才將他釋放。後來鹽商抓到兩個私下賣鹽的，一個逃走了，另一個被抓到官府。張石年問：「賣鹽的有兩個人，另一個在哪？」挑販的人說：「逃走了。」張石年說：「你的腿有毛病不能跑嗎？」那人說：「能跑。」張大人說：「既然被捉，一定是不能跑的；如果可以，站起來跑跑看，看你能不能跑。」那個人跑幾步要停下來，張大人說：「快跑，不要停！」那個人立刻撒腿狂奔，竟然跑出官府去了。圍觀的人都因此哈哈大笑，張大人愛民的事蹟不只這一個，這只是一樁趣談，本縣的人還是津津樂道。

大男

奚成列，成都1士人也。有一妻一妾。妾何氏，小字昭容。妻早沒，繼娶申氏，性妒，虐遇何，因並及奚；終日嘵聒2，恆不聊生。奚怒，亡去。去後，何生一子大男。奚去不返，申擯3何不與同炊，計日授粟。大男漸長，用不給，何紡績佐食。大男見塾中諸兒吟誦，亦欲讀。母以其太稚4，姑送詣讀。大男慧，所讀倍諸兒。師奇之，願不索束脩5。何乃使從師，薄相酬。積二三年，經書6全通。一日歸，謂母曰：「塾中五六人，皆從父乞錢買餅，我何獨無？」母曰：「待汝長，告汝知。」大男曰：「今方七八歲，何時長也？」母曰：「汝往塾，路經關帝廟，當拜之，祐汝速長。」大男信之，每過必入拜。母知之，問曰：「汝所祝何詞？」笑云：「但祝明年便使我十六七歲。」母笑之。然大男學與軀長並速，至十歲，便如十三四歲者，其所為文竟成章。

一日，謂母曰：「昔謂我壯大，當告父處，今可矣。」母曰：「尚未，尚未。」又年餘，居然成人，研詰7益頻，母乃緬述之。大男悲不自勝，欲往尋父。母曰：「兒太幼，汝父存亡未知，何遽可尋？」大男無言而去，至午不歸。往塾問師，則辰餐未復。母大驚，出貲傭役，到處冥搜，杳無蹤跡。大男出門，循途奔去，茫然不知何往。適遇一人將如夔州8，言姓錢。大男丐食相從。錢病其緩9，為賃代步，資斧耗竭。至夔，同食，錢陰投毒食中，大男瞑不覺。錢載至大剎，託為己子，偶病絕貲，賣諸僧。僧見其丰姿秀異，爭購之。錢得金竟去。僧飲之，略醒。長老知

而詣視，奇其相，研詰，始得顛末。甚憐之，贈貲使去。

有瀘州⑩蔣秀才，下第歸，途中問得故，嘉其孝，攜與同行。至瀘，主其家⑪。月餘，遍加諮訪。或言閩商有奚姓者，乃辭蔣，欲之閩。蔣贈以衣履，里黨皆斂貲助之。途遇二布客，欲往福清⑫，邀與同侶。行數程，客窺囊金，引至空所，縶⑬其手足，解奪而去。適有永福⑭陳翁過其地，脫其縛，載歸其家。翁豪富，諸路商賈，多出其門，翁囑南北客代訪奚耗。留大男伴諸兒讀。大男遂住翁家，不復游。然去家愈遠，音益梗矣。

何昭容孤居三四年，申氏減其費，抑勒⑮令嫁。何志不搖。申強賣於重慶賈，賈劫取而去。至夜，以刀自劙⑯◆。賈不敢逼，俟創瘥⑰，又轉鬻於鹽亭賈。至鹽亭⑱，自刺心頭，洞見臟腑。賈大懼，敷以藥，創平，求為尼。賈曰：「我有商侶，身無淫具，每欲得一人主縫紉。此與作尼無異，亦可少償吾值。」何諾。賈輿送去。入門，主人趨出，則奚生也。蓋奚已棄儒為商，賈以其無婦，故贈之也。相見悲駭，各述苦況，始知有兒尋父未歸。奚乃囑諸客旅，偵察大男。而昭容遂以妾為妻矣。然自歷艱苦，痾痛多疾，不能操作，勸奚納妾。奚鑒前禍，不從所請。何曰：「妾如爭床笫者，數年來固已從人生子，尚得與君有今日耶？且人加我者，隱痛在心，豈及諸身而自蹈之？」奚乃囑客侶，為買三十餘老妾。逾半年，客果為買妾歸，入門，則妻申氏。各相駭異。

先是，申獨居年餘，兄苞勸令再適。申從之。惟田產為子姪所阻，不得售。鬻諸所有，積數

◆馮鎮巒評點：所謂匹夫不可奪志。

何氏堅守信念，任何人都不能改變她的意志，逼她改嫁。

百金，攜歸兄家。有保寧[19]賈，聞其富有匳資[20]，以多金啗苞，賺娶之。而賈老廢不能人[21]。申怨兄，不安於室，懸梁投井，不堪其擾。賈怒，搜括其貲，將賣作妾。聞者皆嫌其老。賈將適夔，乃載與俱去。遇奚同肆，適中其意，遂貨之而去。既見奚，慚懼[22]不出一語。奚問同肆商，略知梗概。因曰：「使遇健男，則在保寧，無再見之期，此亦數也。然今日我買妾，非娶妻，可先拜昭容，修嫡庶禮。」申恥之。奚曰：「昔日汝作嫡，何如哉！」何勸止之。奚不可，操杖臨偪[23]。申不得已，拜之。然終不屑承奉，但操作別室。何悉優容之，亦不忍課其勤惰。

奚每與昭容談讌[24]，輒使役使其側；何更代以婢，不聽前。會陳公嗣宗宰鹽亭。奚與里人有小爭，里人以逼妻作妾揭訟[25]奚。公不准理，叱逐之。奚喜，方與何竊頌公德。一漏既盡，僮呼叩扉，入報曰：「邑令公至。」奚駭極，急覓衣履，則公已至寢門；益駭，不知所為。何審之，急出曰：「是吾兒也！」遂哭。公乃伏地悲哽。

蓋大男從陳翁姓，業為官矣。初，公至自都，迂道過故里，始知兩母皆醮[26]，伏膺哀痛。族人知大男已貴，反其田廬。公留僕營造，冀父復還。既而授任鹽亭，又欲棄官尋父，陳翁苦勸止之。會有卜者，使筮焉。卜者曰：「小者居大，少者為長；求雄得雌，求一得兩，為官吉。」公乃之任。為不得親，居官不茹葷酒。是日，得里人狀，睹奚姓名，疑之。陰遣內使細訪，果父。乘夜微行[27]而出。見母，益信卜者之神。臨去，囑勿播，出金二百，啟父辦裝歸里。父抵家，門戶一新，廣畜僕馬，居然大家矣。申見大男貴盛，益自斂。兄苞不憤，告官，為妹爭嫡。官廉得其情，怒曰：「貪貲勸嫁，已更二夫，尚何顏爭昔年嫡庶耶！」重笞苞。由此名分益定。而申妹

何，何姊之。衣服飲食，悉不自私。申初懼其復仇，今益愧悔。奚亦忘其舊惡，俾[28]內外皆呼以太母[29]，但誥命[30]不及耳。

異史氏曰：「顛倒眾生[31]，不可思議，何造物之巧也！奚生不能自立於妻妾之間，一碌碌庸人耳；苟非孝子賢母，烏能有此奇合，坐享富貴以終身哉！」

1 成都：今四川省成都市。
2 嘵聒：吵鬧。嘵，讀作「蕭」，爭論的聲音。
3 擯：讀作「鬢」，排斥。
4 太穉：過於年幼。穉，讀作「稚」，同今「稚」字，是稚的異體字，年幼。
5 束脩：學生贈送老師的酬金。脩，乾肉。
6 經書：指儒家典籍，參加科舉考試必讀的書。
7 研詰：深入探究詢問。詰：讀作「結」，問。
8 夔州：古代府名，今四川省重慶市奉節縣。夔，讀作「葵」。
9 病其緩：嫌棄大男走得太過緩慢。病，厭惡，嫌棄。
10 瀘州：今四川省瀘州市。
11 主其家：借住他的家裡。主，居停，此處指借住。
12 福清：今福建省福清縣。
13 縶：讀作「執」，捆綁、綁縛。
14 永福：今福建省永泰縣。
15 抑勒：逼迫，壓制。
16 劙：讀作「離」，用刀切割。
17 瘥：讀作「拆」的四聲，病癒。
18 鹽亭：今四川省鹽亭縣。
19 保寧：今四川省閬中市。
20 匳資：嫁妝。匳，讀作「連」，同今「奩」字，是奩的異體字，指女子的陪嫁品。
21 不能人：不能人道，指不能行房事。
22 慙懼：慚愧恐懼。慙，同今「慚」字，是慚的異體字。
23 偪：讀作「逼」，同逼，逼迫、強迫。
24 談讌：飲酒談話。讌，宴飲，同「醼」，讀作「宴」。
25 揭訟：到官府告狀。
26 醮：讀作「叫」，女子改嫁。
27 微行：便裝出行。
28 俾：讀作「必」，使，使之。
29 太母：僕人對其主人嫡母的尊稱。
30 誥命：朝廷賞賜臣子與其眷屬爵位、封誥時所用的詔命。
31 顛倒眾生：佛家語，指眾生視一切流轉的現象無常法，以為是恆常不變的。佛教認為一切現象都在生滅之中，是虛幻的，眾生卻將虛幻的事物當成常存，是為本末倒置，迷惑顛倒。

白話翻譯

奚成列是成都人，他是個讀書人，有妻子與一房小妾。小妾何氏，小名昭容。奚成列的原配早逝，他又娶申氏續絃，但申氏爲人善妒又凶悍，經常虐待何氏，連奚成列也受牽連，家中成天吵鬧，一家人不得安寧。奚成列一怒之下，離家出走，他離家後，何氏誕下男嬰，取名爲大男。

奚成列久未返家，申氏更加苛待何氏，讓她搬出去住，僅按日供給食物。大男逐漸長大，食物不夠吃，何氏只得靠紡紗織布賺錢貼補家用。有一回，大男經過學堂，聽見學童們吟誦文章的聲音，十分羨慕，也想上學堂讀書。何氏覺得孩子年幼，姑且先送他到私塾讀書。大男很聰慧，讀過的文章比其他學童還多出一倍，老師感到驚訝，自願教他讀書而不收學費，何氏就讓兒子正式拜師，進入學堂就讀，自己拿一些錢給老師當學費。兩、三年後，大男已熟讀所有經書。有一天，大男放學回家，對何氏說：「有好幾個同學都跟父親拿錢買餅吃，爲什麼只有我沒有父親呢？」何氏說：「等你長大了，再告訴你。」大男急著說：「我只有七、八歲，何時才能長大啊？」何氏說：「你去學堂路上，經過關聖帝君的廟時，就進去磕頭，請關老爺保佑你快些長大。」大男深信不疑，每次經過關帝廟一定進去叩拜，何氏知道後，便問：「你都許什麼願啊？」大男笑道：「只願關老爺明年就能讓我長成十六歲的模樣。」何氏笑兒子太天

眞，然而說也奇怪，從此以後大男的身高和學識都飛快成長，十歲大看上去就像十三、四歲的模樣，下筆成文，連老師也挑不出他的文章錯處。

有一天，大男對何氏說：「以前您說等我長大了，就告訴我父親在哪裡，現在總可以說了吧？」何氏搖頭說：「還不行，還不行！」又過了一年多，大男儼然成年了，更常細細詢問父親的下落，何氏迫不得已，就把奚成列離家的始末告訴了兒子。大男十分悲痛，想要去尋找父親，何氏說：「你還年幼，你父親生死未卜，哪裡是短時間就能找到的呢？」大男不發一語地離家，到了中午也沒回來，何氏急忙去學堂問老師，大男竟是早飯後就沒來過。何氏很驚慌，出錢僱人去找，同樣毫無音信。

大男離家出走後，漫無目的地沿著大路走去，也不知要往何處。路上巧遇一人，說是要往夔州，自稱姓錢，大男就一路討飯，隨他前往。錢某嫌他走得太慢，替他租了一頭驢子，讓他騎乘，不久就花光了全部旅費。到了夔州，二人吃飯時，錢某在飯中偷偷放入迷藥，大男吃完了飯昏睡不醒。錢某將他放在驢子上，馱到一座寺廟中，向僧人謊稱是他的兒子，在路上染病，花光旅費，願意賣給僧人換一些錢。寺僧見大男長得不錯，紛紛爭相購買，錢某拿到錢後逕自離開了，僧給大男灌點水，他才醒了過來。寺院的長老聽說此事，前往探望，經過詳細詢問才知事情始末。長老很同情大男的遭遇，就送他一些旅費，打發他離開。

瀘州有個姓蔣的秀才，考試落第返鄉，途中遇見大男，問知緣由，很贊許他對父親的孝心，就帶著他一起上路。兩人來到瀘州，秀才讓大男住在自己家，在接下來一個多月中多方打聽探查。有人說福建有個商人姓奚，大男就辭別蔣秀才，要去福建尋找。蔣秀才贈他衣服鞋帽，同村的人也湊錢資助他，大男於是上路了。路上碰到兩個布商也要去福建，邀大男一起走，走了一段路後，布商得知大男有點錢，將他騙到一個無人的地方，把他的手腳捆住搶走他的錢。正好有個姓陳的老翁住在永福縣，經過這裡時發現了大男，替他解開繩索，把他帶了回家。陳老翁很有錢，各地的商人幾乎都認識，老翁便囑託南來北往的商人們代爲尋找奚成列，又留大男住下，讓他當個伴讀。從此後，大男就在陳老翁家住下，不再居無定所了，但此地離成都太遠，無法與家人通信。

何昭容自從兒子離家後，獨自生活了三、四年。申氏給她的生活費越來越少，想逼她改嫁。何氏不肯，申氏就把她強賣給重慶一個商人，商人把何氏擄回家，到了夜晚，何氏自殺未遂，商人不敢再逼迫，等她傷勢痊癒，又將她轉賣給鹽亭縣一個商人。到了鹽亭縣，何氏仍抵死不從，用刀刺自己心窩，傷口深得都能看見內臟，商人很害怕，只好替她敷藥療傷。傷好後，何氏告訴商人她想出家爲尼，商人說：「我有個同行，天生不能生育，一直想找個女人打理家務。你去他那兒，跟削髮爲尼也無差別，還可以讓我拿回一些本錢。」何氏答應了，商人就用車子將她送過去。

一進大門，那個人出門迎接，何氏一看，竟是奚成列！原來，奚成列離家出走後，早已棄

文從商，鹽亭商人因爲他沒有妻室，所以想將何氏賣給他。二人相見，悲喜交加，各自述說離情，奚成列才知道他還有一個兒子，並且正外出尋找他，於是囑託客商同行們代爲探查大男下落。從此之後，何氏由奚成列的小妾變成正室，無奈她以前生活得很苦，染上很多疾病，無法操持家務，便勸奚成列納妾。奚成列有了先前的教訓，不願再娶。何氏說：「你放心，我若是貪戀床笫之歡，這些年下來，已經和別人生兒育女了，還能有今天與你相遇嗎？況且，以前別人加諸在我身上的痛苦，直到現在都令我心中隱隱作痛，我又怎能把自己所受過的苦加諸在別人身上呢？」奚成列因此囑咐同行們，只要替他買一個三十幾歲的女人爲妾。半年多後，同行果然買了妾回來，進入家門，奚成列一看，那人竟是申氏！申氏也認出奚成列，兩人都驚訝不已。

先前，申氏自從奚成列離家，又把何氏賣掉，獨居了一年多。兄長申苞要她改嫁，申氏聽了兄長的話，田產卻被奚家的子姪們霸占，不允許申氏出售。申氏只好賣了自己的首飾物品，換了數百兩銀子帶到兄長家。有個保寧的商人聽說申氏嫁妝豐厚，用重金引誘申苞，把申氏娶過門。沒想到商人年事已高，無法行房事，申氏因此埋怨兄長，從此大吵大鬧，又是上吊、又是投井，商人實在無法忍受，一怒之下，把她的財物搜掠一空，想把她賣給別人作妾。沒想到別人都嫌申氏年紀大，沒有人要娶。後來，商人要到夔州，就帶申氏一起前往，正好碰上奚成列的同行要買年紀大的小妾，二人一拍即合，商人把申氏賣給他，獨自離去。

申氏見了奚成列，又愧又懼，不敢說話。奚成列詢問同行，才知道事情的大概經過。他對

大男

惘、尋親萬里行，傍人門戶得功名。母賢子孝終團聚，悍婦捫心總不平。

申氏說：「你若在保寧嫁了個壯年男子，我們夫妻就無法再重逢，這也是天意啊！今天我是買妾，而非娶妻，你可先拜見昭容，行嫡庶之禮！」申氏認爲這是對她的羞辱，不願行禮。奚成列大罵道：「先前你是正室，結果如何呢？」何氏急忙勸阻，奚成列不肯，拿起棍棒逼著申氏行禮。申氏迫不得已，只好向何氏行拜見禮，此後卻始終不屑侍奉何氏，獨自在其他屋子裡做事。不過何氏對她很寬容，不會去督查她是認眞做事還是偷懶。

奚成列每次與何氏飲酒聊天，就會叫申氏在一旁服侍，何氏卻總讓丫鬟代替，不讓申氏在她面前侍奉。彼時，鹽亭縣有個新上任的縣令叫陳嗣宗，奚成列和同村的人發生爭執，那人就去縣衙告他「逼妻作妾」。陳縣令駁回訴狀，把那人趕出公堂。奚成列很高興，晚上私下和何氏頌揚縣令的恩德，忽然有個小僮在外面叫喊敲門，進來說：「縣令陳大人來了！」奚成列十分驚嚇害怕，慌忙尋找衣服鞋襪間，縣令已來到臥房門口。奚成列更加驚慌失措，何氏仔細看了看縣令，卻急忙跑出門，說：「這是我的兒子大男！」說著就大哭起來，陳縣令也跪在地上悲痛哽咽。

原來，大男跟隨陳老翁改了姓氏，姓陳名嗣宗，已經是一個地方的父母官了。起先，陳嗣宗從京城參加科考返家，繞路回老家瞧瞧，才知道兩個母親都已改嫁，心裡很是傷痛。族人知道大男已經顯貴，把他家的田產房舍全部歸還。陳嗣宗留下僕人經營打理，希望有朝一日父親能夠回來團聚，他則返回福建陳老翁家。不久，陳嗣宗被任命爲鹽亭縣令，他一心想要尋找雙親，想推辭不赴任，陳老翁苦苦相勸，他才打消這個念頭。正好來了個算命先生，陳嗣宗讓他替自己占上一卦。算命先生掐指一算，說：「小者居大，少者為長，求雄得雌，求一得兩。做官大吉大利。」陳嗣宗聽了，就往鹽亭赴任，又因為找不到父母，立誓茹素。

這天，有個村人前來衙門告狀，看到狀子上寫著奚成列的名字，陳嗣宗暗自驚疑，暗中派心腹仔細探查，果然是父親無誤！他乘深夜微服私訪，沒想到連母親也一起找到了，他對那個算命先生的話更加深信不疑，臨走時囑咐父親不要宣揚，拿出二百兩銀子，讓一家人置辦行李，返回成都。奚成列回到老家後，只見屋子都翻新一遍，家中僕役、馬匹眾多，儼然成了大戶人家。申氏看大男已經顯貴，行為舉止就比較收斂，申苞為妹妹打抱不平，又到衙門告狀，想要替妹妹爭奪正室之位。官府查驗實情後，縣令大怒，說：「你因為貪財，才讓你妹妹改嫁，已經換了兩任丈夫，還有什麼臉面爭正室之位！」命人把申苞毒打一頓。從此，何氏、申氏的名分更加明確，申氏把何氏當作姊妹看待，何氏也把申氏當作姊姊，衣服飲食從不獨占。申氏起初還怕何氏報復，後來才知何氏是一片真心，對過去所做所為感到羞愧後悔。奚成列也原諒了申氏的過錯，讓內外家人都稱她「太母」，只是不能像正妻那樣封「誥命」而已。

記下奇聞異事的作者如是說：「世間的離合聚散，真是不可思議。上天的安排真是巧妙啊！奚成列只是個普通人，無法處理妻妾不合的問題。若不是兒子孝順、小妾賢慧，怎麼能夠有這種際遇，坐享榮華富貴以至天年！」

韋公子

韋公子，咸陽[1]世家。放縱好淫，婢婦有色，無不私者。嘗載金數千，欲盡覽天下名妓，凡繁麗之區，無不至。其不甚佳者，信宿[2]即去；當意，則作百日留。叔亦名宦，休致[3]歸，怒其行，延明師置別業，使與諸公子鍵戶[4]讀。公子夜伺師寢，踰垣歸，遲明而返。以為常。一夜，失足折肱，師始知之。告公，公益施夏楚[5]，俾不能起而始藥之。及愈，公與之約：能讀倍諸弟，文字佳，出勿禁；若私逸[6]，撻如前。然公子最慧，讀常過程。數年，中鄉榜。欲自敗約[7]，公箝制之。赴都，以老僕從，授日記籍，使誌其言動。故數年無過行。

後成進士，公乃稍弛其禁。公子或將有作[8]，惟恐公聞，入曲巷[9]中，輒託姓魏。一日，過西安，見優僮[10]羅惠卿，年十六七，秀麗如好女，悅之。夜留繾綣，贈貽豐隆。聞其新娶婦尤韻妙，私示意惠卿。惠卿無難色，夜果攜婦至，三人共一榻。留數日，眷愛臻至。謀與俱歸。問其家口，答云：「母早喪，父存。某原非羅姓。母少服役於咸陽韋氏，賣至羅家，四月即生余。倘得從公子去，亦可察其音耗。」公子驚問母姓。曰：「姓呂。」生駭極，汗下浹體[11]，蓋其母即生家婢也。生無言。時天已明，厚贈之，勸令改業。偽託他適，約歸時召致之，遂別去。

後令蘇州，有樂妓沈韋娘，雅麗絕倫，愛留與狎。戲曰：「卿小字取『春風一曲杜韋娘』[12]、

耶？」答曰：「非也。妾母十七為名妓，有咸陽公子，與公同姓，留三月，訂盟婚娶。公子去，八月生妾，因名韋，實妾姓也。公子臨別時，贈黃金鴛鴦，今尚在。一去竟無音耗，妾母以是憤悒死。妾三歲，受撫於沈媼，故從其姓。」公子聞言，愧恨無以自容。默移時，頓生一策。忽起挑燈，喚韋娘飲，暗置鴆毒盃中。韋娘纔下咽，潰亂呻嘶。眾集視，則已斃矣。呼優人13至，付以尸，重賂之。而韋娘所與交好者盡勢家，聞之，皆不平，賄激優人，訟於上官。

生懼，瀉橐彌縫14，卒以浮躁免官。歸家年才三十八，頗悔前行。而妻妾五六人，皆無子。欲繼公孫；公以門無內行，恐兒染習氣，雖許過嗣，但待其老而後歸之。公子憤欲招惠卿，家人皆以為不可，乃止。又數年，忽病，輒撾心15曰：「淫婢宿妓者，非人也！」公聞而嘆曰：「是殆將死矣！」乃以次子之子，送詣其家，使定省之。月餘果死。◆

異史氏曰：「盜婢私娼，其流弊殆不可問。然以己之骨血，而謂他人父，亦已羞矣。乃鬼神又侮弄之，誘使自食便液16。尚不自剖其心，自斷其首，而徒流汗投鴆，非人頭而畜鳴17者耶！雖然，風流公子所生子女，即在風塵中，亦皆擅場18。」

◆何守奇評點：漁色之弊，必至於此，可為殷鑒。有此嚴叔，而尚踰閑若此，豈性果有不善歟？

沉迷美色的弊端，一定會到這種地步，可為後人的鑑戒。有這麼一個嚴厲的叔父，還能不守禮法到這種程度，難道人性果真有不是善的嗎？

1咸陽：今陝西省咸陽市。
2信宿：連住兩晚。
3休致：官員年紀老邁而退休。
4鍵戶：關閉門戶。意指刻苦讀書。
5夏楚：原指刑罰、刑具，此指鞭打，古代學校的體罰。夏，此處讀作「甲」。
6私逸：私自逃脫。
7敗約：違背先前的約定。
8有作：動起歪腦筋。指韋公子色心又起，想尋歡作樂。
9曲巷：隱密的小巷，借指妓院繁多的地方。
10優僮：年輕的表演藝人。
11汗下浹體：冷汗直流，濕遍全身。
12春風一曲杜韋娘：唐代劉禹錫擔任江蘇蘇州刺史時，受罷官的司空李紳邀請宴飲，在席上賦詩：「高髻雲鬟宮樣妝，春風一曲杜韋娘。司空見慣渾閒事，斷盡蘇州刺史腸。」後以「韋娘」比喻擅長歌舞的美人；另指此場面對於刺史自己來說，非「司空見慣」之事。
13優人：泛指戲子樂工，以戲曲表演為業的演藝人員。
14瀉橐彌縫：傾盡所有錢財以掩飾罪行。橐，讀作「陀」，袋子，此指錢包、錢財。彌，彌補、掩飾。
15撾心：搥胸。撾，讀作「抓」，敲打。
16自食便液：比喻和自己的子女發生性關係。
17人頭而畜鳴：猶言衣冠禽獸，擁有人的身體卻做出畜生的行為。
18擅場：指技藝高超，出類拔萃。

白話翻譯

韋公子是咸陽官宦人家的子弟，性情放蕩，喜好女色，家中凡是有點姿色的婢女僕婦，無不與他私通。他曾攜帶數千兩銀子出遊，意欲尋遍天下名妓，凡是繁華熱鬧有妓女的都市，都有他的足跡。若是不合他心意的妓女，他留宿一、兩天就離去；合他心意的妓女，動輒住上百多天。韋公子的叔父也是有名的官吏，年老辭官回家，聽說了韋公子放蕩的行爲，非常憤怒，請來名師，買了間別墅，讓包括韋公子的幾位世家子弟住在裡面閉門讀書。

然而，韋公子總在晚上等老師睡著以後爬牆出去，第二天清早才回來，久而久之習以爲常。某天晚上，韋公子翻牆時摔傷了胳膊，老師才知道這件事，將此事告訴韋大人。韋大人很憤怒，也不憐惜姪兒，將韋公子痛打一頓，直到他爬不起來才准予用藥治傷。一個月後，韋公子傷勢逐漸痊癒，韋大人與他約定：他讀的書若能比其他堂弟多，文章又寫得好，就不禁止他出門；若是偷偷逃跑，就比照前例痛打一頓。韋公子聰慧非常，讀書時常超前老師的進度，如此過了幾年，他在鄉試裡中了舉人，就想違背先前與韋大人的約定。韋大人對他看管甚嚴，韋公子到京城去，韋大人就派老僕跟隨他前往，給了老僕一個記事本，讓他記下韋公子的一言一行，因此數年來都沒有什麼出格的行爲。

再後來，韋公子考中進士，韋大人才稍微放鬆對他的約束。韋公子有時想出去風流快活，又怕韋大人知道，到妓院時就化名姓魏。有一天，韋公子經過西安，見到一個叫羅惠卿的年輕戲子，年約十六、七歲，長得娟雅秀麗，貌美一如女子。韋公子很喜歡他，晚上留宿與他纏綿，送給他許多豐厚財物，又聽說羅惠卿新娶的媳婦風姿卓絕，更是想與她風流一番，私下暗示羅惠卿將她帶來。羅惠卿一點都不爲難，晚上就把妻子帶來，果然同樣年輕貌美。三人同睡一榻，韋公子住了幾天，對夫妻二人寵愛有加，想要帶他們一同回家，問羅惠卿家裡還有什麼人。他回答：「我的母親早逝，剩父親還在世。我原本不姓羅，母親年少時在咸陽韋家工作，後來被賣到羅家，四個月後生下我。倘若和公子回去，或可打探父親的消息。」韋公子驚訝

問：「你母親貴姓？」羅惠卿答：「姓呂。」韋公子非常驚駭，出了一身冷汗浸濕衣服，原來羅惠卿的母親就是韋公子家的婢女。韋公子無言以對。天亮後，贈送羅惠卿許多財物，勸他改行。他編個藉口說要去其他地方，相約回咸陽時再來找羅氏夫婦，就此告別離去。

後來，韋公子做了蘇州縣令，有個樂妓叫沈韋娘，長得娟秀豔麗，他心中暗自喜歡，偷偷把她留下一起風流快活。他對韋娘開玩笑道：「你的小名是取自『春風一曲杜韋娘』嗎？」她回答：「不是的。我母親十七歲時是蘇州名妓，有個咸陽來的公子與大人您同姓，住了三個月，兩人訂下了婚約。公子離去後八個月，我母親生下我，因而取名作韋，實際上是我的姓。公子臨別時，贈送了母親一對黃金鴛鴦，現在還在。沒想到公子一去再無音訊，家母憤恨抑鬱而終。我三歲時，被一個姓沈的婦人撫養，就跟隨她姓沈。」

韋公子聽了這席話，羞愧悔恨無地自容。他沉默許久，心生一計，忽然點起燈，喚韋娘一起喝酒，在杯中偷偷下了鴆毒。韋娘剛才把酒飲下，立即神智不清，痛苦得亂喊亂叫。眾人聚集前來查看，發現她已斷氣身亡。韋公子叫來這些演員伶人，把韋娘的屍體交給他們，又花重金賄賂保密。然而，韋娘交好的都是些有權有勢的人家，他們聽說此事，都覺事有蹊蹺，紛紛為韋娘打抱不平，出錢慫恿那些演員到府衙去告狀。

韋公子心中害怕，為了掩飾罪行，只能傾家蕩產賄賂上級官員，最後還是以浮躁為由免去官職。他回咸陽時才三十八歲，對以前輕浮放蕩的行為十分後悔，他有妻妾五、六人，卻一個

韋公子
慘綠年華載
酒行罷官歸去
悔閑情咸陽公子風
流甚轉為風流悞一生

子嗣都沒有，想要過繼叔父韋大人的孫子。韋大人又因爲他家門風不端正，怕自己的子孫學壞，雖然嘴上同意過繼，卻表示要等到韋公子老了才肯把孩子送去。韋公子感到憤怒，想把羅惠卿找回來，家裡人全都反對，於是作罷。又過了幾年，韋公子忽然生了場重病，時常搥打胸口說：「姦淫婢女留宿嫖妓的，眞不是人啊！」韋大人聽說了，唯獨歎息道：「這恐怕是快要死了！」便將次子的兒子送到他家，晨昏定省。一個多月後韋公子就死了。

記下奇聞異事的作者如是說：「私通婢女，嫖宿娼妓，這種事情的後果是無法預計的。親生骨肉卻認別人爲父，已經很丟臉了，然而鬼神作弄人，引誘韋公子姦淫自己的子女。到了這樣的程度，他還不把心掏出來，自刎謝罪，反而冷汗直流，更對自己的骨肉下毒，這豈不是生作人的模樣，卻做出禽獸不如的事情！雖然如此，風流公子所生的子女，即使在風塵之中，也都是出類拔萃之輩。」

石清虛

邢雲飛，順天①人。好石，見佳石，不惜重直。偶漁於河，有物挂網，沉而取之，則石徑尺，四面玲瓏，峰巒疊秀。喜極，如獲異珍。既歸，雕紫檀為座，供諸案頭。每值天欲雨，則孔孔生雲，遙望如塞新絮。有勢豪某，踵門求觀。既見，舉付健僕，策馬徑去。邢無奈，頓足悲憤而已。僕負石至河濱，息肩橋上，忽失手，墮諸河。豪怒，鞭僕。即出金，僱善泅者，百計冥搜，竟不可見。乃懸金署約而去。由是尋石者日盈於河，迄無獲者。後邢至落石處，臨流於邑②，但見河水清澈，則石固在水中。邢大喜，解衣入水，抱之而出。攜歸，不敢設諸廳所，潔治內室供之。

一日，有老叟款門而請。邢託言石失已久。叟笑曰：「客舍非耶？」邢便請入舍，以實其無，及入，則石果陳几上。愕不能言。叟撫石曰：「此吾家故物，失去已久，今固在此耶。既見之，請即賜還。」邢窘甚，遂與爭作石主。叟笑曰：「既汝家物，有何驗證？」邢不能答。叟曰：「僕則故識之。前後九十二竅，巨孔中五字云：『清虛天石供③。』」邢審視，孔中果有小字，細如粟米，竭目力裁可辨認；又數其竅，果如所言。邢無以對，但執不與。叟笑曰：「誰家物，而憑君作主耶！」拱手而出。邢送至門外；既還，已失石所在。

邢急追叟，則叟緩步未遠。奔牽其袂而哀之。叟曰：「奇哉！經尺之石，豈可以手握袂藏者耶？」邢知其神，強曳之歸，長跽④請之。叟乃曰：「石果君家者耶、僕家者耶？」答曰：「誠

屬君家，但求割愛耳。」叟曰：「既然，石固在是。」入室，則石已在故處。叟曰：「天下之寶，當與愛惜之人。此石能自擇主，僕亦喜之。然彼急於自見[5]，其出也早，則魔劫[6]未除。實將攜去，待三年後，始以奉贈。既欲留之，當減三年壽數，乃可與君相終始。君願之乎？」曰：「願。」叟乃以兩指捏一竅，竅軟如泥，隨手而閉。閉三竅，已，曰：「石上竅數，即君壽也。」作別欲去。邢苦留之，辭甚堅；問其姓字，亦不言，遂去。

積年餘，邢以故他出，夜有賊入室，諸無所失，惟竊石而去。邢歸，悼喪欲死。訪察購求，全無蹤跡。積有數年，偶入報國寺[7]，見賣石者，則故物也，將便認取。賣者不服，因負石至官。官問：「何所質驗[8]？」賣石者能言竅數。邢問其他，則茫然矣。邢乃言竅中五字及三指痕，理遂得伸。官欲杖責賣石者，賣石者自言以二十金買諸市，遂釋之。邢得石歸，裹以錦，藏櫝[9]中，時出一賞，先焚異香而後出之。

有尚書某，購以百金。邢曰：「雖萬金不易也。」尚書怒，陰以他事中傷之。邢被收，典質田產。尚書託他人風示其子。子告邢，邢願以死殉石。妻竊與子謀，獻石尚書家。邢出獄始知，罵妻毆子，屢欲自經[10]，家人覺救，得不死。夜夢一丈夫來，自言：「石清虛。」戒邢勿戚：「特與君年餘別耳。明年八月二十日，昧爽[11]時，可詣海岱門[12]，以兩貫相贖◆。」邢得夢，喜，謹誌其日。其石在尚書家，更無出雲之異，久亦不甚貴重之。明年，尚書以罪削職，尋死。邢如期至海岱門，則其家人竊石

◆但明倫評點：戀懷故主，不獻一謀，淹滯多年，生還故國。古人有之，然吾見亦罕矣。

古時有謀士，心繫舊主，滯留新主處多年，不獻一計一謀，活著回到原來的國家。古人有這樣的事蹟，這塊石頭也通人性，能仿效古時的謀士，在我看來，這樣忠誠的人實在很少見了。

出售，因以兩貫市歸。後邢至八十九歲，自治葬具；又囑子，必以石殉[13]。

及卒，子遵遺教，瘞[14]石墓中。半年許，賊發墓，劫石去。子知之，莫可追詰。越二三日，同僕在道，忽見兩人，奔躓[15]汗流，望空投拜，曰：「邢先生，勿相逼！我二人將石去，不過賣四兩銀耳。」遂縶送到官，一訊即伏。問石，則鬻[16]官氏。取石至，官愛玩[17]，欲得之，命寄諸庫。吏舉石，石忽墮地，碎為數十餘片。皆失色。官乃重械[18]兩盜論死。邢子拾碎石出，仍瘞墓中。

異史氏曰：「物之尤者禍之府[19]。至欲以身殉石，亦癡甚矣！而卒之石與人相終始，誰謂石無情哉？古語云：『士為知己者死。』非過也！石猶如此，何況於人！」

1 順天：明清兩代設置順天府，今北京市。
2 於邑：嗚咽，哀鳴。於，讀作「屋」。邑，通「悒」，愁悶。
3 清虛天石供：這塊奇石的名字。意指用月宮的石頭所製成的裝飾品。清虛，月宮的別稱。
4 跽：讀作「季」。古代跪禮的一種，臀部不著腳跟，且直身挺腰稱為「跽」。
5 見：通「現」。
6 魔劫：災難，劫數。
7 報國寺：佛教寺廟名。位於北京城廣安門內。
8 質驗：實質的證據。
9 櫝：讀作「獨」，木盒。
10 自經：上吊自盡。
11 昧爽：天剛亮。
12 海岱門：北京崇文門的別名，位於北京城內南垣東側。
13 殉：用作陪葬品。
14 瘞：讀作「易」，用土掩埋。
15 奔躓：跌跌撞撞地奔跑。躓，讀作「至」。
16 鬻：讀作「玉」，販賣。
17 愛玩：非常喜愛、珍視。
18 械：責打。
19 物之尤者禍之府：奇珍異寶將招來各種禍患。

白話翻譯

邢雲飛是順天府人。他喜歡收集石頭，凡見奇特的石頭，皆不惜以重金買下。他有一次在河邊捕魚，突然有個東西掛到漁網上，狀似沉重，取下來才發現是一塊約一尺長的石頭，四面玲瓏剔透，形如高山層層堆疊。邢雲飛很高興，彷彿獲得奇珍異寶，回家後就把石頭放上一塊雕花紫檀木，供奉在桌子上。每逢天將下雨時，石頭上的孔竅就會冒出煙霧，遠遠看去好像簇新的棉絮塞滿溢出。

鄉里間有個惡霸上門要求觀石，看了之後竟把石頭交給身邊魁梧高大的僕人，隨即策馬揚長而去，邢雲飛無可奈何，只能跺著腳悲憤不已。惡霸的僕人揹著石頭來到河邊，在橋上休息，忽然手滑讓石頭掉到河裡去了。惡霸很生氣，將僕人鞭打一頓，出錢僱來擅長游泳的人，千方百計去尋找，竟然都找不到，他貼出懸賞告示後便離開了。從此，尋找石頭的人日日擠滿河岸，還是沒有人找到。後來邢雲飛來到石頭掉落之處，只見河水清澈，石頭仍在水中。邢雲飛很高興，脫下衣服下水，把石頭抱了出來，供奉石頭紫檀底座也還在。他回去後，不敢將石頭擺在大廳中，打掃出一間乾淨房間，把石頭放到裡面。

有一天，一個老翁敲門請求一觀石頭，邢雲飛騙他石頭丟失已久。老翁笑道：「不是在客房裡嗎？」邢雲飛就請老翁進屋，想證明石頭的確不在。老翁走進屋中，石頭赫然陳放在桌上。邢雲飛錯愕得無言以對，老翁撫摸著石頭說：「這是我家的舊物，已經丟失很久，現在果然在此。

既然被我瞧見了，就請你還給我。」邢雲飛很困窘，與老翁爭執起來想做石頭的主人。

老翁笑道：「你說這是你家的東西，你有何憑證？」邢雲飛答不出來。老翁說：「我卻對它很了解。這塊石頭前後共有九十二個孔竅，大孔中寫有五個字：『清虛天石供。』」邢雲飛仔細一觀，孔中果然有小字，像米粒般大小，要非常仔細看才能辨認。又數了石頭上的孔竅數目，果然跟老翁所說相同。邢雲飛無言以對，仍執意不給他。老翁笑道：「誰家的東西，是你能夠作主的嗎？」說完就拱手離去。邢雲飛送老翁到門外，回來後，石頭竟然不見了，他大爲震驚，懷疑是老翁偷走的。

他急忙追了上去，老翁還未走遠，邢雲飛跑上前，拉住老翁的袖子乞求把石頭還給他。老翁說：「奇怪了！一尺長大小的石頭，難道我能用手拿著，藏在袖子裡嗎？」邢雲飛知道老人有神通，堅持拉著他與自己回家，甚至長跪在地上哀求。老翁說：「石頭到底是你家的，還是我家的？」邢雲飛說：「的確是你家的，我只想求您割愛。」老翁說：「既然如此，石頭就在屋子裡了。」

邢雲飛回到屋中一看，石頭已在原來的地方。老翁說：「天下間的寶物，應該贈予會愛惜的人。這塊石頭能夠自己選擇主人，我也很高興。但是它急著現身，出來得太早，有些劫難未除。我本想將它帶走，等三年後再贈送予你。你既想留下它，就會減掉三年陽壽，這樣它才能一直跟著你，你可願意嗎？」邢雲飛答：「我願意。」老翁聽了，用兩根手指捏住石頭上其中一個孔竅。孔竅像泥土一樣柔軟，隨手就閉合了，老翁一連關閉三個孔竅才停手，說：「石頭

上的孔竅數目就是你的陽壽。」說完就告辭要走。邢雲飛苦苦哀求老翁留下，老翁去意甚堅，詢問老翁的名號也不說，就此離去。

一年多後，邢雲飛有事外出，晚上有小偷進屋偷東西，其他東西都沒丟失，只盜走了石頭。邢雲飛回來後傷心欲絕，四處打探、重金懸賞，依舊沒有消息。幾年後，他偶然前往報國寺，見到一個販賣石頭人，走近一觀，賣的正是他被偷走那塊石頭。他上前指認就要拿走，賣石頭的人不服氣，就揹著石頭去官府理論。縣太爺問：「你們有什麼證據可以證明石頭是你們的？」賣石的人能說出石頭上孔竅的數目，邢雲飛又問其他特徵，賣石頭的答不上來。邢雲飛說出石孔中還有五個字以及上面的三個指痕，這才贏了官司。縣太爺要責打賣石頭的人，賣石的說這是他用二十兩銀子從集市上買來的，才被官府釋放。邢雲飛最後帶著石頭回家，用錦緞包好，藏在木盒中，偶爾才拿出來賞玩，在拿出來之前，還要先焚香才要慎重取出。

某位尚書想用一百兩銀子來買石頭，邢雲飛表示就算拿出萬金他也不賣。尚書大怒，暗中編造別的事情陷害他，邢雲飛被收押入官府，家人變賣田產想把他救出來，尚書便託人放出風聲，告訴邢雲飛的兒子想要收購石頭的事。兒子向父親稟報，邢雲飛卻寧死也不肯讓出。邢妻暗中與兒子商量，獻出石頭給尚書，邢雲飛出獄後得知這件事，對妻兒又打又罵，屢次想要自盡，都被家人發現救下，才得以倖免不死。晚上，邢雲飛夢到一個自稱石清虛的男人，他對邢雲飛說：「不要悲傷，我只是與你分別一年多而已。明年八月二十日下午清晨時，你可以到海

石清虛
異石玲瓏竟不
頑屢遭攘竊屢
珠還笑他海嶽
庵中客淚滴蟾
蜍別研山
石清虛

岱門，用兩貫錢把我贖回。」邢雲飛得到託夢，很是高興，把約定的日子記下來。石頭到尚書家後，再也沒有下雨前冒出煙霧的異象，日子久了，尚書也不看重這塊石頭了。待到明年，尚書因爲獲罪而被革去官職，不久就死了。邢雲飛如期來到海岱門，尚書的家僕把石頭偷出來，想要找個買主，邢雲飛用兩貫錢把石頭買了回去。後來邢雲飛活到八十九歲，自行準備好棺木與喪葬用品，又對叮囑兒子，他死後一定要用石頭陪葬。

不久，邢雲飛果然死了。他的兒子按照遺囑，把石頭埋在墳墓中。半年多後，有賊人去盜墓，把石頭偷走，邢雲飛的兒子知道此事，也無法去把石頭追討回來。過了兩、三天，他和僕人在半路，忽然看見兩個人奔跑得汗流浹背，對天空不停叩首，說：「邢先生，別再相逼了！我們二人偷走這塊石頭，也不過賣了四兩銀子而已！」邢雲飛的兒子就把這兩個小偷綁了送交官府，一經審問全都招供。縣令問石頭的下落，說是賣給了姓宮的人，縣令命人把石頭取來，愛不釋手，想要占爲己有，命人收入官庫。衙役舉起石頭，石頭竟忽然掉到地上，碎成十幾塊，眾人大驚失色。縣令重重責打過那兩個盜墓賊，便將他們放了。邢雲飛的兒子把石頭碎塊撿起來離開，仍舊埋回墳墓中。

記下奇聞異事的作者如是說：「奇珍異寶往往是禍患的根源。邢雲飛甚至想爲石頭而死，實在是癡人啊！但是到了最後石頭仍與他在一起，誰說石頭無情呢？古人說：『士爲知己者死。』實在是不爲過啊。石頭都能如此，何況是人呢！」

曾友于

曾翁，昆陽[1]故家也。翁初死未殮，兩眶中淚出如瀋[2]，有子六，莫解所以。次子悌，字友于，邑名士，以為不祥，戒諸兄弟各自惕，勿貽痛於先人；而兄弟半迂笑之。先是，翁嫡配生長子成，至七八歲，母子為強寇擄去。娶繼室，生三子：曰孝，曰忠，曰信。妾生三子：曰悌，曰仁，曰義。孝以悌等出身賤，鄙不齒，因連結忠、信為黨。即與客飲，悌等過堂下，亦傲不為禮。仁、義皆忿，與友于謀，欲相仇。友于百詞寬譬[3]，不從所謀；而仁、義年最少，因兄言，亦遂止。

孝有女，適邑周氏，病死。糾[4]悌等往撻其姑[5]，悌不從。孝憤然，令忠、信合族中無賴子，往捉周妻，搒掠[6]無算，拋粟毀器，盎盂無存。周告官。官怒，拘孝等囚繫之，將行申黜[7]。友于懼，見宰自投。友于品行，素為宰重，諸兄弟以是得無苦。友于乃詣周所負荊，周亦器重友于，訟遂止。孝歸，終不德友于。

無何，友于母張夫人卒，孝等不為服[8]，宴飲如故。仁、義益忿。友于曰：「此彼之無禮，於我何損焉。」及葬，把持墓門，不使合厝。友于乃瘞[9]母隧道[10]中。未幾，孝妻亡，友于招仁、義同往奔喪。二人曰：「『期』[11]且不論，『功』[12]于何有！」再勸之，鬨然[13]散去。友于乃自往，臨哭盡哀。隔牆聞仁、義鼓且吹，孝怒，糾諸弟往毆之。友于操杖先從。入其家，仁覺先逃。義

方踰垣，友于自後擊仆之。孝等拳杖交加，毆不止。友于橫身障阻之。孝怒，讓友于。友于曰：「責之者，以其無禮也，然罪固不至死。我不怙[14]弟惡，亦不助兄暴。如怒不解，身代之。」孝遂反杖撻友于，忠、信亦相助毆兄，聲震里黨，群集勸解，乃散去。友于即扶杖詣兄請罪。孝逐去之，不令居喪次[15]。而義創甚，不復食飲。仁代具詞訟官，訴其不為庶母行服。官簽拘孝、忠、信，而令友于陳狀。

友于以面目損傷，不能詣署，但作詞稟白，哀求寢息，宰遂銷案。義亦尋愈。由是仇怨益深。仁、義皆幼弱，輒被敲楚[16]。怨友于曰：「人皆有兄弟，我獨無[17]！」友于曰：「此兩語，我宜言之，兩弟何云！」因苦勸之，卒不聽。友于遂扃戶[18]，攜妻子借寓他所，離家五十餘里，冀不相聞。友于在家，雖不助弟，而孝等尚稍有顧忌；既去，諸兄一不當[19]，輒叫罵其門，辱侵母諱[20]。仁、義度[21]不能抗，惟杜門思乘間刺殺之，行則懷刃。

一日，寇所掠長兄成，忽攜婦亡歸。諸兄弟以家久析，聚謀三日，竟無處可以置之。仁、義竊喜，招去共養之。往告友于。友于喜，歸，共出田宅居成。諸兄怒其市惠[22]，登門窘辱。而成久在寇中，習於威猛，大怒曰：「我歸，更無人肯置一屋；幸三弟念手足，又罪責之。是欲逐我耶！」以石投孝，孝仆。仁、義各以杖出，捉忠、信，撻無數。成乃訟宰，宰又使人請教友于。友于詣宰，俛首不言，但有流涕。宰問之，曰：「惟求公斷。」宰乃判孝等各出田產歸成，使七分相準[23]。自此仁、義與成倍加愛敬，談及葬母事，因並泣下。成恚曰：「如此不仁，真禽獸也！」遂欲啟壙[24]，更為改葬。

仁奔告友于，友于急歸諫止。成不聽，刻期發墓，作齋於塋[25]。以刀削樹，謂諸弟曰：「所不[26]衰麻[27]相從者，有如此樹！」眾唯唯。於是一門皆哭臨，安厝盡禮。自此兄弟相安。而成性剛烈，輒批撻諸弟，於孝尤甚。惟重友于，雖盛怒，友于至，一言即解。孝有所行，成輒不平之，故孝無一日不至友于所，潛對友于詬詛。友于婉諫，卒不納。友于不堪其擾，又遷居三泊[28]，去家益遠，音跡遂疏。

又二年，諸弟皆畏成，久而相習。而孝年四十六，生五子：長繼業，三繼德，嫡出；次繼功，四繼績，庶出；又婢生繼祖。皆成立。效父舊行，各為黨，日相競，孝亦不能呵止。惟祖無兄弟，年又最幼，諸兄皆得而詬厲之。岳家近三泊，會詣岳，迂道詣叔。入門，見叔家兩兄一弟，絃誦怡怡[29]，樂之，久居不言歸。叔促之，哀求寄居。叔曰：「汝父母皆不知，我豈惜甌飯瓢飲[30]乎！」乃歸。過數月，夫妻往壽岳母。告父曰：「兒此行不歸矣。」父詰之，因吐微隱。父慮與叔有夙隙，計難久居。祖曰：「父慮過矣。二叔，聖賢也。」遂去，攜妻之三泊。

友于除舍居之，以齒兒行[31]，使執卷從長子繼善。祖最慧，寄籍三泊年餘，入雲南郡庠[32]。與善閉戶研讀，祖又諷誦[33]最苦。友于甚愛之。自祖居三泊，家中兄弟益不相能。一日，微反脣，業詬辱庶母。功怒，刺殺業。官收功，重械之，數日死獄中。業妻馮氏，猶日以罵代哭。功妻劉聞之，怒曰：「汝家男子死，誰家男子活耶！」操刀入，擊殺馮，自投井死。馮父大立，悼女死慘，率諸子弟，藏兵衣底，往捉孝妻，裸撻道上以辱之。成怒曰：「我家死人如麻，馮氏何得復爾！」吼奔而出。諸曾從之，諸馮盡靡[34]。

成首捉大立，割其兩耳。其子護救，繼、績以鐵杖橫擊，折其兩股。諸馮各被夷傷[35]，鬨然盡散。惟馮子猶臥道周。成夾之以肘，置諸馮村而還。遂呼績詣官自首。馮狀亦至。於是諸曾被收。惟忠亡去，至三泊，徘徊門外。適友于率一子一姪鄉試歸，見忠，驚曰：「弟何來？」忠未語先淚，長跪道左。友于握手曳入，詰得其情，大驚曰：「似此奈何！然一門乖戾，逆知[36]奇禍久矣；不然，我何以竄[37]迹至此。但我離家久，與大令[38]無聲氣之通，今即蒲伏而往，徒取辱耳。但得馮父子傷重不死，吾三人中倖有捷者，則此禍或可少解。」乃留之，晝與同餐，夜與共寢。忠頗感愧。居十餘日，見其叔姪如父子，兄弟如同胞，悽然下淚曰：「今始知從前非人也。」友于喜其悔悟，相對酸惻[39]。俄報友于父子同科，祖亦副榜[40]。大喜。不赴鹿鳴[41]，先歸展墓。

明季科甲最重，諸馮皆為斂息。友于乃託親友賂以金粟，資其醫藥，訟乃息。舉家泣感友于，求其復歸。友于乃與兄弟焚香約誓，俾各滌慮自新，遂移家還。祖從叔不欲歸其家。孝乃謂友于曰：「我不德，不應有亢宗[42]之子；弟又善教，俾姑為汝子。有寸進[43]時，可賜還也。」友于從之。又三年，祖果舉於鄉。使移家去，夫妻皆痛哭而去。不數日，祖有子方三歲，亡歸友于家，藏繼善室，不肯返；捉去輒逃。孝乃令祖異居，與友于鄰。祖開戶通叔家。兩間定省如一焉。時成漸老，家事皆取決於友于。從此門庭雍穆[44]，稱孝友焉。◆

異史氏曰：「天下惟禽獸止知母而不知父，奈何詩書之家，往往而蹈之也！夫門內之行，其漸漬[45]子孫者，直入骨髓。古云：其父盜，子必行劫[46]，其流弊然也。孝雖不仁，其報亦慘；而卒能自知乏德，託子於弟，宜其有操心慮患[47]之子也。——若論果報猶迂也。」

1昆陽：古代縣名。今雲南省晉寧縣。
2瀋：汁水，此指淚如泉湧貌。
3寬譬：曉之以理，勸慰他人。
4糾：聚集。
5姑：婆婆。
6搒掠：嚴刑拷打。搒，讀作「蹦」或「朋」，是「榜」的異體字，笞擊之意。
7申黜：申報郡府，革除功名。
8服：服喪。
9瘞：讀作「意」，埋葬、掩埋。
10隧道：墳墓旁邊的小路。
11期：喪服名。古代服喪，有一年之服，稱為「期服」，家中長輩死去用之。期，讀作「基」。
12功：喪服名。古代喪服的布料，色白較細緻且經過加工者，稱為「功服」。服喪亦有大功和小功之分。皆用於關係較疏者，大功服喪九個月，小功服喪五個月。
13鬨然：喧嘩吵鬧，聲音吵雜的樣子。鬨，讀作「轟」的四聲，群眾喧鬧。
14怙：讀作「戶」，憑恃、倚靠，此指放縱。
15居喪次：服親人之喪。
16敲楚：毆打。
17人皆有兄弟，我獨無：語出《論語‧顏淵》：「司馬牛憂曰：『人皆有兄弟，我獨亡！』」人人都有兄弟，唯獨我沒有。司馬牛有四個兄弟都在宋國作亂，故有此感嘆。

18扃戶：將門戶上鎖。此指將屋內清空，舉家搬遷。扃，讀作「窘」的一聲，關門、閉門。
19不當：不稱心如意。
20母諱：張夫人的名諱。在古代，晚輩直呼長輩的名諱是非常無禮的行為。
21度：忖度、自忖之意。自我衡量能力足夠與否。
22市惠：施恩於人以博取他人好感。
23七分相準：均分成七等分。
24啟壙：挖掘墳墓。壙，讀作「況」，墓穴。
25塋：讀作「營」，墳墓。
26所不：若是不肯。
27衰麻：麻製成的喪服。此處作動詞，意指披麻帶孝。衰，讀作「催」。
28三泊：古代縣名。今雲南省安寧市。
29絃誦怡怡：絃歌與誦讀之聲清脆悅耳，形容一家人友愛和睦。絃歌，配以音樂的詩歌；誦讀，指無配樂的朗誦文章。
30甌飯瓢飲：一碗飯、一瓢飲，意謂極少量的飲食。甌，讀作「歐」，盆、盂等瓦器。
31以齒兒行：當作親生兒子般對待。齒，列入行，行列。
32入雲南郡庠：進入雲南府學（直屬雲南府的學校）成為生員。庠，讀作「祥」，古時學校名。
33諷誦：熟讀朗誦。
34靡：倒地。此指投降、潰敗。

◆**何守奇評點：**友于孝友，遂使兄弟鬩牆，化為庸睦。人特患處己者有未至耳，孰謂兄弟而卒不可化哉！

友于孝順友愛，才能讓原本不合的兄弟，都變得兄友弟恭。人最大的過錯就是看不到自己的短處，誰說兄弟之間的仇怨到死都不能化消呢！

35夷傷：遭受創傷。
36逆知：預先知道。
37竄：藏匿。
38大令：古代對縣令的尊稱。
39酸惻：心酸悲痛。
40副榜：古代科舉制度，鄉會試因名額限制，未能列於正榜而文字優良者，於發榜時別取若干名，列其姓名於正榜之後，稱為「副榜」，是為貢生。
41鹿鳴：鹿鳴之宴。明清鄉試揭榜後，次日由州縣令宴請相關人士及中榜考生，並歌《詩經．小雅．鹿鳴》篇章。
42亢宗：比喻一家內有賢能的子孫，可以庇護宗族、光耀門楣。
43寸進：有些許長進，指品行、學養方面的成長。
44雍穆：和諧、和睦。出自漢朝孔融〈與韋甫休書〉：「萬里雍穆，如樂之和。」
45漸漬：逐漸受到沾染。
46其父盜，子必行劫：有其父必有其子。語出蘇軾〈荀卿論〉：「其父殺人報仇，其子必行劫。」
47操心慮患：心存警戒，憂懼禍患。

白話翻譯

曾老翁，是昆陽的世家子弟。老翁剛過世尚未入斂，眼中忽然湧出淚水，他的六個兒子都不明白其中緣故。次子曾悌，字友于，是縣中名士，見到這番景象，認爲不吉利，告誡兄弟們要各自謹慎，不要讓父親亡故後仍爲兒子心痛。然而大多數的兄弟都笑他迂腐。

先前，老翁原配妻子生了長子曾成，長到了七、八歲，母子二人都被強盜擄去。續絃生了三個兒子：曾孝、曾忠、曾信，小妾也生了三個兒子：曾悌、曾仁、曾義。曾孝因爲曾悌等三人都是庶出，瞧不起他們，從不來往，又拉攏曾忠、曾信組成小團體。宴客時與客人喝酒，曾悌等人經過廳堂下，僅以傲慢無禮相待。曾仁、曾義心中憤怒，和曾友于商量，要跟嫡出的兄弟們結仇，曾友于不聽，反而曉之以理，勸他們釋懷。曾仁、曾義年紀尚幼，兄長既然不同意，也就此作罷。

曾孝膝下有一女，嫁給本縣一戶姓周的人家，後來病死了。曾孝就叫上曾友于等兄弟，要去周家問罪。友于不肯去，曾孝很生氣，命令曾忠、曾信集合本族中的流氓，前去把周妻捉來，將她毒打一頓，又是拋糧又是摔碗，盆盆罐罐全都砸碎。周家告上官府，縣令大怒，將曾孝等人抓來拘押入獄，要申報郡府，革去他們的功名。友于爲弟兄們擔心，就去見縣令投案。縣令一向器重友于的品行，看在他的面子上，諸兄弟們才沒被刑求。友于又到周家，代替兄弟們負荊請罪，周家敬重友于的人品，官司才算了結。曾孝返家後，對友于並不感激。

過了一段時間，友于的母親張夫人過世。曾孝等三兄弟不服喪，照舊請客喝酒。曾仁、曾義氣不過，友于說：「他們不遵守禮法，與我們何干？」等到入葬時，曾孝等又守住父親的墓門，不讓張夫人與他合葬。友于無計可施，只得將母親暫時葬於墓旁小道。不久，曾孝的妻子也死了，友于叫上曾仁、曾義去參加葬禮，二人說：「我們長輩的葬禮他不出面，他們家一個平輩的葬禮我們又何必去！」友于再三勸告，二人不聽，各自跑走。友于只好獨自前去，在出殯時哭得很傷心。

彼時他聽見隔壁曾仁、曾義敲鼓奏樂，鑼鼓喧天。曾孝大怒，集合眾兄弟要去毆打他們，友于拿起棍子帶頭跑在前面。曾仁察覺到事態不對，立刻逃走；曾義剛要跳牆逃跑，被友于從

後面一棍子打下來。曾孝等人上前用拳頭猛打，又用棍子狠狠揍了一頓。友于見狀，連忙用身體保護弟弟，曾孝更加火大，責罵友于。友于說：「我打曾義，是因爲他太過無禮，但他罪不至死。我不偏袒弟弟的過錯，也不助長哥哥的暴力。你如果還生氣，就打我吧！」曾孝轉過頭來就要用棍子打友于，曾忠、曾信也跟著，打罵聲音太大，驚動鄰居，大家連忙都跑來勸解，曾孝才悻悻然離開。

友于被打，心中並不怨恨，拄著拐杖到兄長曾孝家請罪。曾孝卻將他趕出去，不讓他服喪；曾義則被打得遍體鱗傷，不飲不食。曾仁悲憤不已，狀告曾孝等人不爲庶母發喪，縣令接了狀子，命人將曾孝、曾忠、曾信等人拘捕歸案，命友于陳述事情經過。

友于以臉被打傷爲由，並未親自到縣衙去，而是呈交書信，將此事來龍去脈稟報縣令，哀求息事寧人，縣令便撤銷此案，不再過問。不久，曾義的傷勢痊癒了，雙方從此仇怨日深，曾仁、曾義由於年小體弱，常遭毒打，總是向友于抱怨：「人家都有兄弟，只有我們家沒有！」友于氣憤地說：「這話應該由我來說，你們有什麼資格說這話呢？」好言勸慰兩個弟弟要忍耐，二人始終不聽。友于只好關上門窗，攜家帶眷到別的地方暫住，離家足有五十多里遠，希望從此耳根清靜。友于在家時，雖然並不幫弟弟們與曾孝等人爲敵，但曾孝等人也會有所顧忌；友于搬走後，曾孝等人只要稍不如意，動輒跑到曾仁、曾義的家門口高聲辱罵，連去世的母親也被他們罵了一通。二人心想反正打不過，只有關門閉戶，想找個機會殺了他們，拚個你死我活，每次出門，懷裡都藏著利刃。

有一天，多年前被強盜擄去的曾成，忽然帶著家眷逃回家了。曾孝等三兄弟因爲分家已久，一起商量了三天，竟找不到地方安置他。曾仁、曾義暗喜，將曾成請到家中奉養，又將此事告知友于。友于聽後很高興，連忙搬回來住，三兄弟均分田產、房屋，讓曾成住下，曾孝等人卻認爲友于三人是故意向曾成施恩，以後好向他索求回報，憤怒地上門叫罵。曾成與盜賊相處過一段時間，脾氣暴戾，見狀勃然大怒，罵道：「我回到家中，你們沒有一個人肯挪出一間屋子給我住，幸虧三個弟弟念及手足情誼幫著我。你們卻上門叫罵，是想趕我走嗎？」說完衝出家門，拿石頭把曾孝打倒在地。曾仁、曾義見有機可趁，各自手拿棍棒，一擁而上，捉住曾忠、曾信痛打一頓。曾成又狀告縣衙，縣令命人詢問友于，友于只得去拜見縣令，但卻低頭無語，只是流淚。縣令問他意見，友于只說：「求大人明斷！」縣令於是宣判，命曾孝等人拿出財產，曾老翁的家業由七人平均分配。從此以後，曾仁、曾義與曾成互敬互愛，說起葬母一事，三人都傷心落淚。曾成氣憤地說：「如此不講仁義，眞是禽獸不如！」便想挖開墳墓，將庶母與父親合葬。

曾仁趕緊將此事告訴友于，友于匆忙回家，勸阻曾成。曾成不聽，訂下日子，開墓改葬。到了當天，曾成在墓前擺上祭品，又一刀砍倒墓旁一棵樹，對六個弟弟說：「誰敢不披麻戴孝，就如同此樹！」大家唯唯諾諾聽從命令，一家人悲痛哭泣，重新爲張夫人發喪，一切皆按

禮儀進行。兄弟們自此相安無事，但曾成性子暴烈，動不動就打罵弟弟們，對曾孝尤其嚴厲。他只對友于敬重，即使盛怒之下，只要友于來了，一、兩句話就能把事情解決。曾孝做事，曾成總是看不順眼，曾孝因此天天去友于家，向他抱怨曾成的惡行。友于委婉勸解，曾孝仍然不聽，友于受不了他的騷擾，又舉家搬到三泊租房子住，離祖家很遠，也就少有音訊往來。

兩年後，兄弟們雖然對曾成感到懼怕，時間一長也就習慣了，少有糾紛。曾孝四十六歲，育有五子，長子繼業、三子繼德，是正室所生；次子繼功、四子繼績是小妾所生；繼祖是奴婢所生的兒子，他們都已長大成人，也都仿效父親過去的做法，互相結成黨派，兄弟間整天糾紛不斷，曾孝無法阻止。曾繼祖沒有親兄弟，排行最末，兄長能肆意對他呼來喝去。繼祖的岳父家距三泊很近，有一回去拜訪岳父時，便順道去看望叔父友于。入屋後，他看見叔叔家兩個堂兄和一個堂弟正在吟詠詩歌，看到此般手足和睦相處的景象，繼祖心中不禁十分感慨，想在叔叔家住下不回家。叔父催促他趕緊回家，繼祖苦苦哀求叔父讓他在此借住。友于說：「你獨自住在我家，你父母親都不知情，這才催促你趕快返家，難道你以為我是捨不得給你飯吃嗎？」繼祖只好回去。

幾個月後，繼祖帶著妻子去向岳母祝壽，臨行前向父親稟告：「我這次離家就不再回來了。」父親問他為什麼，繼祖表示想去叔父家借住。父親擔心自己和友于向來有嫌隙，兒子恐怕難以在那裡久住。繼祖說：「父親太多慮了，叔父品格高尚堪比聖賢，豈會記仇！」說完就

曾友于
紛紛擾擾日尋仇
甘效延陵去國謀
待看秋風聯捷報乃
翁脈淚料應收

帶著妻子前往三泊。

友于替他把屋子打掃乾淨，讓他住下，對待他如同親生兒子般，讓他和長子繼善一起讀書。繼祖很聰慧，在叔叔家住了一年多，便考進了雲南郡學。此後，更是與繼善一起閉門苦讀，十分勤奮，友于很喜愛他。自從繼祖離家，家中兄弟們爭吵得更厲害了，有一天為了雞毛蒜皮的小事，繼業又開始辱罵庶母，繼功大怒，一刀把繼業殺了。官府將繼功逮捕歸案，嚴刑拷打，沒幾天就死在獄中。繼業死了，其妻馮氏不但不哭，反而罵得更凶狠，繼功妻子劉氏聽到了，十分惱怒，罵道：「你家男人死了，我家男人就活著嗎？」她拿了把刀衝進繼業家，把馮氏給殺死，自己則投井自盡。馮氏的父親馮大立，為了女兒慘死感到悲痛，率領家中子弟，把兵器藏進衣服裡，前去捉拿曾孝的妻子，把她的衣服脫光，在路上將她痛打一頓。曾成大怒道：「我家死的人還不夠多嗎，馮家怎能這麼做？」他吼叫著衝出家門，曾家子弟尾隨在後，將馮家人打跑了。

曾成率先抓住馮大立，把他兩個耳朵割下來，馮大立的兒子見狀來救，被曾家人繼續用鐵棍橫掃，打斷了雙腿。馮家人都被打傷，一哄而散，只剩馮大立的兒子躺在路邊呻吟。曾成用胳膊夾住他，扔到馮家村外便回去了，又讓子輩們去縣衙自首，馮家在同時狀告至縣衙，曾家子弟全都被官府拘拿，只有曾忠脫逃。他跑到三泊，來到友于家門外徘徊，不敢進去，怕友于仍憎恨他。這時，友于正帶著兒子繼善和姪子繼祖參加科考回來，看見曾忠很驚訝，問：「弟弟怎麼來了？」曾忠尚未開口，已經淚流滿面，跪倒路邊。友于連忙制止，將他拉進家門，詳細詢問前因後果。他大驚說：「還能怎麼辦呢！一家人都凶殘暴戾，我早料到有一天會惹上災禍！否則我怎會搬出來住？但我離家已久，與縣令也疏於往來，現在就是一路跪著前往哀求，也只是平白受辱罷了。現在只有希望馮家父子重傷不死，我們三個僥倖有考中舉人，那麼這場災禍還有機會化解。」友于就留曾忠住下，與他生活在一起，曾忠心中很慚愧，對友于只有說不出的感激。住了十幾天，見友于家屋簷下，叔姪親如父子，兄弟也宛如眞正的同胞手足，不禁悲傷流淚，說：「現在才知道，我以前眞是禽獸不如啊！」友于很高興弟弟能夠反省自己的錯誤，兩人相對，不禁心酸悲傷。不久，有人來報訊，友于父子同榜考中舉人，繼祖也中了副榜，全家很高興。連鹿鳴宴都來不及參加，就先趕回老家祭拜祖墳了。

明代末年，對科舉極爲重視，馮家聽說友于中舉，才收斂囂張的氣焰，不敢明目張膽與曾家爲敵。友于又託親友贈送馮家許多錢財，替他們付醫藥費，這單官司才算了結。曾家全家人都對友于非常感激，希望他能搬回老家住。友于要兄弟們發誓痛改前非，才肯搬回來住。繼祖住在叔父的屋子不肯回家，曾孝就對友于說：「我德行有虧，沒資格有這樣光耀門楣的兒子。友于善於教導晚輩，就讓繼祖跟著你，做你的兒子。等將來有了長進，再請你將他賜還予我罷了。」友于於是答應了。

三年過後，繼祖考中舉人，友于讓他搬回家住，夫妻二人依依不捨，哭著離去。沒幾天，

繼祖有個三歲的兒子又逃到友于家，他躲在繼善屋裡不肯回去，把他捉回去又逃出來，曾孝只好讓繼祖獨立門戶，與友于作鄰居。繼祖把家裡開了個小門，可以直通到叔父家，仍像往常一樣早晚請安。曾成這時也老了，家中事務都由友于來處理。從此以後，曾家全家和睦，兄弟友愛，家境門風才逐漸改善。

記下奇聞異事的作者如是說：「天底下只有禽獸才只知有母而不知有父，許多書香門第竟也都是如此。做父母的言行身教足以影響下一代，這是無法改變的。古人說：『做父親的若是殺人報仇，做兒子的定會擄掠搶劫。』可見家庭環境對子女教育有多麼重要。曾孝雖然不仁不義，他也受到更淒慘的報應了。他知道自己不適合做兒子的榜樣，就把兒子託付給弟弟，使繼祖得以長成正人君子。若單純以因果報應來理解這件事，那就太過迂腐了。」

嘉平公子

嘉平[1]某公子，風儀秀美。年十七八，入郡赴童子[2]試。偶過許娼之門，見內有二八麗人，因目注之。女微笑點首，公子近就與語。女問：「寓居何處？」具告之。問：「寓中有人否？」曰：「無。」女云：「妾晚間奉訪，勿使人知。」公子歸，及暮，屏去僮僕。女果至，自言：「小字溫姬。」且云：「妾慕公子風流，故背媼而來。區區之意，願奉終身。」公子亦喜。自此三兩夜輒一至。

一夕，冒雨來，入門解去溼衣，罥[3]諸椸[4]上；又脫足上小靴，求公子代去泥塗。遂上床以被自覆。公子視其靴，乃五文新錦[5]，沾濡殆盡，惜之。女曰：「妾非敢以賤物[6]相役，欲使公子知妾之癡於情也。」聽窗外雨聲不止，遂吟曰：「淒風冷雨滿江城。」求公子續之。公子辭以不解。女曰：「公子如此一人，何乃不知風雅[7]！使妾清興[8]消矣！」因勸肄習，公子諾之。往來既頻，僕輩皆知。公子姊夫宋氏，亦世家子，聞之，竊求公子，一見溫姬。公子言之，女必不可。

宋隱身僕舍，伺女至，伏窗窺之，顛倒[9]欲狂。急排闥[10]，女起，踰垣而去。宋嚮往甚殷，乃修贄[11]見許媼，指名求之。媼曰：「果有溫姬，但死已久。」宋愕然退，告公子，公子始知為鬼。至夜，因以宋言告女。女曰：「誠然。顧君欲得美女子，妾亦欲得美丈夫。各遂所願足矣，人鬼何論焉？」公子以為然。試畢而歸，女亦從之。他人不見，惟公子見之。

至家，寄諸齋中。公子獨宿不歸，父母疑之。女歸寧，始隱以告母，母大驚，戒公子絕之，公子不能聽。父母深以為憂，百術驅之不能去。一日，公子有諭僕帖⑫，置案上，中多錯謬：「椒」訛「菽」，「姜」訛「江」，「可恨」訛「可浪」。女見之，書其後：「何事『可浪』？『花菽生江。』有婿如此，不如為娼！」遂告公子曰：「妾初以公子世家文人，故蒙羞自薦⑬。不圖虛有其表！以貌取人，毋乃為天下笑乎！」言已而沒。公子雖愧恨，猶不知所題，折帖示僕。聞者傳為笑談。

異史氏曰：「溫姬可兒⑭！翩翩公子，何乃苛其中之所有⑮哉！遂至悔不如娼，則妻妾羞泣矣。顧百計遣之不去，而見帖浩然⑯，則『花菽生江』，何殊於杜甫之『子章髑髏』⑰哉！」◆

「耳錄」⑱云：「道傍設漿者，榜云：『施『恭』⑲結緣。』」亦可一笑。

有故家子，既貧，榜於門曰：「賣古淫器。」訛窰⑳為淫云：「有要宣淫㉑、定淫㉒者，大小皆有，入內看物論價。」崔盧㉓之子孫如此甚眾，何獨「花菽生江」哉！

◆**但明倫評點：**驅鬼靈符，罵煞紈袴。悔不如娼，不知視公子為何物。以貌取人，女鬼且恥為天下笑，況非女鬼者。

嘉平公子的便條是為驅鬼靈符，罵盡天下不學無術的紈袴子弟。溫姬後悔跟隨嘉平公子，認為不如當娼妓算了，不知她把公子當成怎樣的存在了。以外貌衡量一個人，女鬼尚且覺得羞恥，不願被天下人取笑，何況是那些不是鬼的女子呢。

1嘉平：古代縣名，今安徽全椒縣西南。

2童子：童生。明、清兩代報名參加科舉考試的讀書人，在還未考取秀才前皆稱童生。

3罥：讀作「眷」，吊掛、懸掛。

4椸：讀作「儀」，衣架。

5五文新錦：新織的五彩錦。

6賤物：溫姬謙稱自己所穿的靴子。

7風雅：原指《詩經》中的〈國風〉、〈大雅〉、〈小雅〉，此處借指詩歌。

8清興：雅興，此指對詩歌的興致。

9顛倒：神魂顛倒，此指對某人極度傾慕，到達了癡迷的程度。

10排闥：推開門。闥，讀作「踏」。

11修贄：準備見面禮。贄，讀作「至」。

12諭僕帖：曉諭僕人的便條。帖，便條、便箋。

13自薦：自薦枕席，進獻寢具，比喻侍寢。

14可兒：可愛的人，意即可人的女子。

15苛其中之所有：苛求他人腹中有真才實學。

16浩然：此指離去的心意已決，無法再改變。語出《孟子．公孫丑下》：「夫出晝而王不予追也，於然後浩然有歸志。」浩然，如同水流不可令其停止，借以比喻一個人去意甚堅。

17子章髑髏：出自唐杜甫所寫的詩〈戲作花卿歌〉，據說此詩詩句可以祛除邪祟。髑髏，讀作「讀樓」，死人的頭骨。

18《耳錄》：書名，為蒲松齡的好友朱緗所著。

19恭：明代科舉考試，有「出恭入敬」的牌子，需要領此牌子才能離開座位去上廁所，因此俗稱到廁所大號為出恭，也稱大恭，小便稱小恭。

20窰：同今「窯」字，是窰的異體字。燒製陶瓷器的工廠，也泛指陶器或瓷器。

21宣淫：因「訛窰為淫」，錯把窰寫成淫，故原為宣窰。宣窰，明代宣德年間江西景德鎮（今江西省景德鎮市）所生產的瓷窰，是為官窰。

22定淫：本應作定窰。宋代河北定州（今河北省定州市）瓷窰稱為「定窰」。

23崔盧：指崔、盧兩個姓氏，是魏晉以來至唐代，華山以東地區兩大士族的姓氏。當時的豪門貴族世代身居高位，把持朝政，後世就以崔、盧為豪門士族的代稱。

白話翻譯

嘉平縣某位公子，風姿卓絕，瀟灑不凡。年約十七、八歲時，到府城參加童生考試，恰好路過姓許的娼家門口，裡面有一位十六歲的佳麗。公子凝視她許久，女子就對他微笑，點了點頭。公子很高興，上前與她搭話。女子問：「你住在何處？」公子實言相告，女子又問：「你住的地方還有其他人嗎？」公子回答：「沒有。」女子說：「我晚上來找你，不要告訴別人。」公子答應後回去了。到了黃昏，公子讓所有僕人都出去，女子果然如約前來，她自我介紹道：「小名溫姬。」又說：「我仰慕公子風流倜儻，所以瞞著鴇母悄悄來了。我是抱著想與你共度一生的想法前來的！」公子聽了很高興，答應要拿一大筆錢替她贖身。從此之後，溫姬每隔兩、三天晚上，就來與公子相會一次。

一天晚上，溫姬冒著大雨前來，進門後脫下濕衣服，掛到衣架上；又脫下腳上的靴子，請公子幫她拭去泥巴，隨後直接上了床，把被子蓋在身上。公子看她的靴子，是用五彩新錦緞製成的，但這時全被泥水弄濕弄髒，覺得很可惜。溫姬說：「我不是故意讓你做這種卑賤的事，是要讓公子知道我對你的一片癡情。」聽到窗外雨聲不止，溫姬接著吟頌：「淒風冷雨滿江城。」請公子接下一句。公子推辭說他不懂詩文，溫姬說：「公子這樣的人物，怎麼會不懂詩歌呢？眞是令人掃興。」勸慰公子要認眞讀書。公子允諾，兩人經常往來，僕人們都知道此事。公子有個姊夫姓宋，也是世家子弟，聽聞此事後，私下請求公子讓他一見溫姬。公子將此事告知溫姬，她不肯答應。

宋某後來躲在僕人房間，等到溫姬經過時，趴到窗戶上偷看，一見就令他神魂顛倒，不能自持，急忙推門出來。溫姬起身翻牆而去，宋某對溫姬念念不忘，準備豐厚的禮物拜訪鴇母，指名要見溫姬，鴇母卻說雖然有此人，卻已經死了很久。宋某驚訝不已返回，將此事告訴公子，公子才知溫姬是鬼，但心中仍喜愛她。到了晚上，公子把宋某的話轉告溫姬，溫姬說：「我的確是鬼。我看你想得到美人，我也想得到俊俏的郎君，我們各取所需，是人是鬼又有何分別？」公子也覺得她所言甚是。

公子考完試回家，溫姬也跟隨他回去。別人都看不見她，只有公子能看見。回到家裡，溫姬住在書齋中。公子獨自睡在書齋，不回臥室睡覺，父母都感到奇怪。公子的姊姊回娘家，才將此事暗中告知母親。父母都很驚訝，叮囑公子與溫姬斷絕來往，公子不聽，父母對此十分擔憂，想盡一切辦法也無法將溫姬趕走。有一天，公子寫了張便條交代僕人辦事，上面有許多錯字：「椒」寫成了「菽」，「薑」寫成了「江」，「可恨」寫成了「可浪」。溫姬見到後，在背面寫上：「何事可浪？花菽生江。有婿如此，不如為娼。」對公子說：「我當初以為你出身書香門第，所以才不怕羞恥，自薦侍寢。沒想到你虛有其表！以貌取人，簡直要成為天下人的笑柄了！」說完就消失不見。公子雖然慚愧悔恨，仍不知自己寫錯了什麼字，把便條取下給僕

人看，聽到這件事的人把這件事傳出去，當成笑話來講。

記下奇聞異事的作者如是說：「溫姬是個令人喜愛的女子，嘉平公子長得一表人才，何必苛求他要有眞才實學呢！溫姬後悔地說和他在一起還不如做娼妓，那麼他的妻妾也要感到蒙羞而哭泣了。況且，千方百計要把溫姬趕走卻徒勞無功，溫姬見到便條竟就此決意離去，那麼『花菽生江』與杜甫的『子章髑髏』可說有異曲同工之妙啊！」

《耳錄》記載：「在路邊設茶水攤的人，在招牌上寫『施恭結緣。』」把茶寫成恭，也頗爲好笑。

有個世家子弟，家道中落以後，在門口貼了張告示要賣古代瓷器。把「窰」寫成「淫」，告示上寫：「有要宣淫、定淫者，大小皆有，入內看物論價。」世家子弟像這樣寫錯字的有很多，豈僅是「花菽生江」的嘉平公子有錯別字而已。

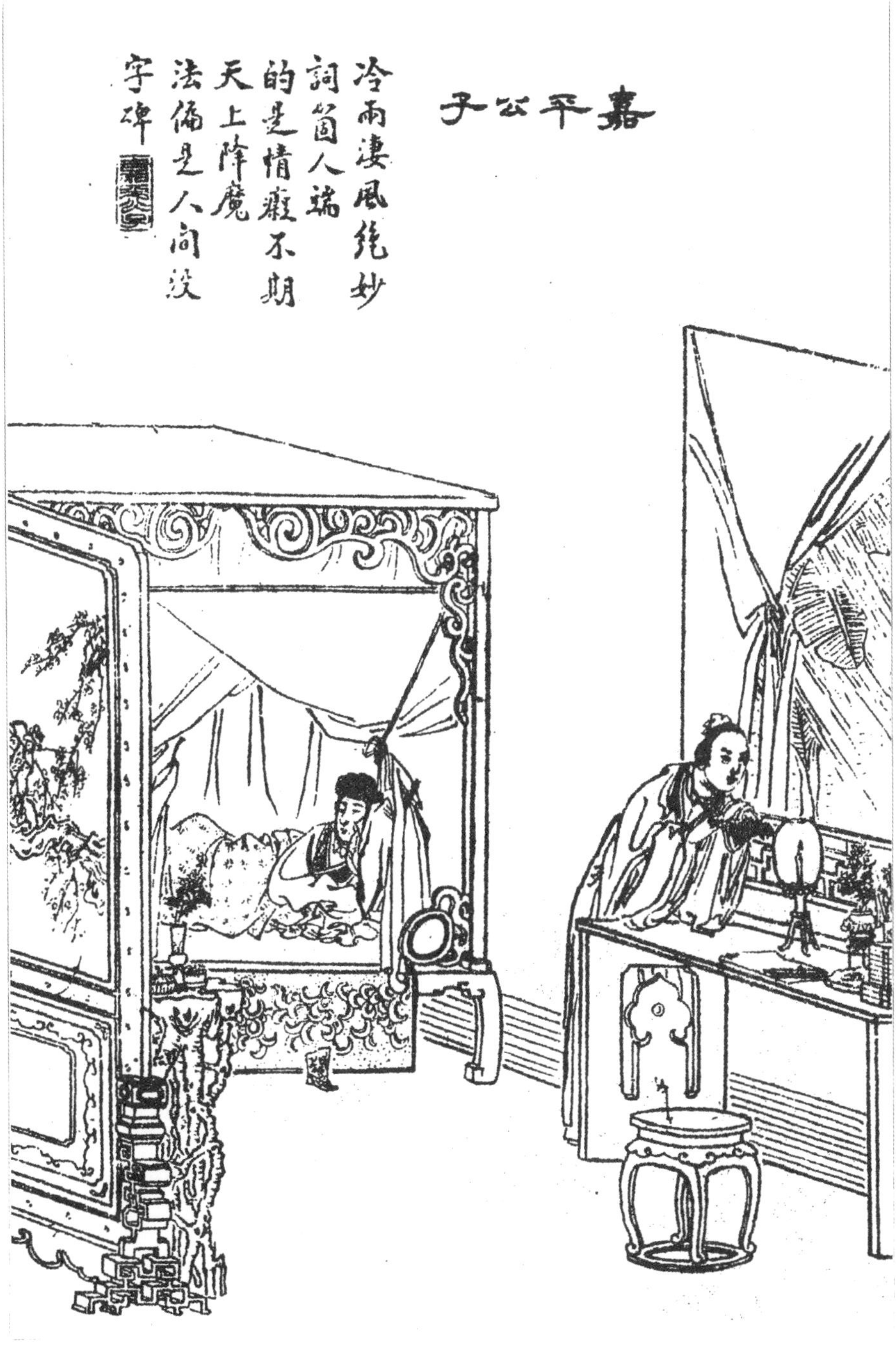
嘉平公子
冷雨淒風絕妙
詞箇人端
的是情癡不期
天上降魔
法偏是人間沒
字碑

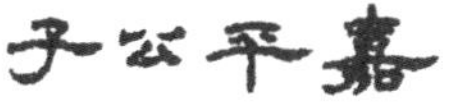

卷十二

12

俗語說「狼子野心」，未必盡然。
人和萬物皆有道德本心，
紋理形貌雖說難能一致，
結草啣環的心意卻始終是共通的。

二班

殷元禮，雲南[1]人，善針灸之術。遇寇亂，竄入深山。日既暮，村舍尚遠，懼遭虎狼。遙見前途有兩人，疾趁[2]之。既至，兩人問客何來，殷乃自陳族貫。兩人拱敬曰：「是良醫殷先生也，仰山斗[3]久矣！」殷轉詰之。二人自言班姓，一為班爪，一為班牙。便謂：「先生，余亦避難石室，幸可棲宿，敢屈玉趾，且有所求。」殷喜從之。俄至一處，室傍巖谷。爇[4]柴代燭，始見二班容軀威猛，似非良善。計無所之，亦即聽之。又聞榻上呻吟，細審，則一老嫗僵臥，似有所苦。問：「何恙？」牙曰：「以此故，敬求先生。」乃束火[5]照榻，請客逼視。

見鼻下口角有兩贅瘤，皆大如碗，且云：「痛不可觸，妨礙飲食。」殷曰：「易耳。」出艾團之，為灸數十壯[6]，曰：「隔夜愈矣。」二班喜，燒鹿餉客；並無酒飯，惟肉一品。爪曰：「倉猝不知客至，望勿以輶褻[7]為怪。」殷飽餐而眠，枕以石塊。二班雖誠樸，而粗莽可懼，殷轉側不敢熟眠。天未明，便呼嫗，問所患。嫗初醒，自捫[8]，則瘤破為創。殷促二班起，以火就照，敷以藥屑，曰：「愈矣。」拱手遂別。班又以燒鹿一肘贈之。◆

後三年無耗[9]。殷適以故入山，遇二狼當道，阻不得行。日既西，狼又群至，前後受敵。狼撲之，仆；數狼爭嚙，衣盡碎。自分必死。忽兩虎驟至，諸狼四散。虎怒，大吼，狼懼盡伏。虎悉撲殺之，竟去。殷狼狽而行，懼無投止[10]。遇一媼來，睹其狀，曰：「殷先生喫苦矣！」殷

戚然訴狀，問何見識。媼曰：「余即石室中灸瘤之病嫗也。」殷始恍然，便求寄宿。媼引去，入一院落，燈火已張，曰：「老身伺先生久矣。」遂出袍袴，易其敝敗。羅漿具酒，酬勸諄切。媼亦以陶碗自酌，談飲俱豪，不類巾幗。殷問：「前日兩男子，係老姥何人？胡以不見？」媼曰：「兩兒遣逆先生，尚未歸復，必迷途矣。」殷感其義，縱飲不覺沉醉，酣眠座間。既醒，已曙，四顧竟無廬，孤坐巖上。聞巖下喘息如牛，近視，則老虎方睡未醒。喙間有二瘢痕，皆大如拳。駭極，惟恐其覺，潛蹤而遁。始悟兩虎即二班也。

◆**何守奇評點**：凡人與物，同生而異類，故虎之報德亦猶人，但不免粗莽耳。某人云：「人物之生，理同而氣異；及既生之後，氣猶相似，而理絕不同。」此語可徵參。

人和萬物，皆有道德本心，僅各有不同樣貌，所以老虎報答恩德也與人相似，只是難免粗俗魯莽。某個人說：「人和萬物的存在，形而上的天理皆相同，形而下的氣質稟性卻各有不同；有了形體之後，氣質稟性仍有相似之處，然而其紋理卻絕不相同。」這句話足可做為參考徵驗。

1 雲南：古代府名，今雲南省昆明市。
2 疾趁：快速追趕。
3 山斗：指泰山北斗，對於景仰許久之人的尊稱。
4 爇：燒也，讀作「若」或「熱」。
5 束火：火把。此處當動詞用，點燃火把。
6 壯：量詞。中醫用艾，炙一灼，稱一壯。
7 輶褻：怠慢。輶，讀作「由」。
8 捫：讀作「門」，撫摸、觸摸。
9 耗：音訊、消息。
10 投止：投宿過夜的地方。

白話翻譯

殷元禮是雲南人，擅長針灸。他遇到強盜作亂，逃到深山。傍晚時，他離村子很遠，擔心

遇到虎狼，遠遠望見前面路上有兩個人，就趕緊追了上去。到了跟前，那兩人問他從何處來，殷元禮自報姓名家世，那兩人拱手恭敬地說；「是良醫殷先生嗎？久仰閣下已久了！」殷元禮問了他們姓名，兩人自稱姓班，一個叫班爪，一個叫班牙。他們又對殷元禮說：「我們也是來此避難的，有間石屋可以暫住，請先生移駕，我們另有所求。」殷元禮很高興地跟他們前去，不久來到一處，石室就在山谷旁邊，燃燒柴火代替蠟燭照明，殷元禮這才看清二班的容貌凶惡、高大威猛，似非良善之輩。但他沒有別處可去，也就聽天由命了。走近石室，他聽到床上有呻吟聲，仔細一看，是一個老婦人僵直躺在床上，狀似身體疼痛，殷元禮問：「所患何疾？」班牙說：「就是因爲不知是何病症，想請先生醫治。」點燃火把照著床上，請殷元禮上前一觀。

殷元禮見到老婦人鼻子下方嘴角長了兩個瘤，都有碗那麼大，而且「一碰就痛，妨礙進食」，殷元禮說：「這個容易治。」便拿出艾團，替老婦人灸了幾十炷，說：「過一夜就好了。」二班很高興，烤鹿肉請客人吃，沒有酒和米飯，只有鹿肉。班爪說：「時間太過倉促，沒想到會有客人來，請先生勿怪我們怠慢了您。」殷元禮吃飽就睡下，把石塊當枕頭，二班雖然很誠實簡樸，卻粗魯令人害怕，殷元禮翻來覆去不敢熟睡。天還沒亮，就把老婦人叫醒來詢問病情。老婦人剛睡醒，自己用手一摸，腫瘤已破，留下兩個傷口。殷元禮催促二班起來，用火照明，給老婦人敷上藥粉，說：「痊癒了！」當即要拱手告別，二班又拿出一條熟鹿腿送給他。

二班
三年前事未全忘報
德呼兒代逐狼醫士
償為孫思邈又從
原窟得仙方

三年過去，殷元禮再也沒看過二班。他因爲有事上山，遇到兩匹狼攔路，不能前行；太陽快下山時又來了一大群狼，使他前後受敵。一匹狼朝他撲過來，他倒在地上，其餘的狼爭先恐後衝上來，爭相抓咬他，他的衣服都被咬碎了，以爲自己在劫難逃。忽然間，兩隻老虎衝了過來，狼群四處逃竄。老虎大怒，大吼一聲，狼群驚懼，全都趴在地上，任憑老虎撲上去，把狼全都殺了才離開。殷元禮狼狽前行，擔心無處投宿，隨後遇到一位老婦人，老婦人看見他的慘狀，說：「殷先生受苦了！」

殷元禮悲傷地告訴她事情經過，問：「您爲何認得我呢？」老婦人說：「我就是石室中那個被你用針灸之術治癒的病人。」殷元禮才恍然大悟，要求借宿。老婦人領他前往，走到一座宅院，院裡已點上燈火，說：「老身等先生已久了。」接著拿出衣褲，讓殷元禮換下破衣服，又準備酒菜殷勤款待。老婦人跟他用陶碗喝起酒來，言談飲食的行止都很豪邁，不像是普通婦人。殷元禮問：「先前那兩個男人與婆婆是什麼關係？爲何沒看見他們？」老婦人說：「我派兩個兒子去迎接先生，還沒有回來，想必是迷路了。」殷元禮感激老婦人的情義，開懷暢飲，不知不覺酩酊大醉，睡在位子上。睡醒後已然天亮，環顧四周竟沒有房舍，殷元禮孤身坐在岩石上，聽到岩石下傳來打呼聲，他走近一看，看見一隻熟睡中的老虎。老虎嘴旁有兩道疤痕，都像拳頭那麼大，他非常驚懼，惟恐被老虎察覺，躡手躡腳想偷偷逃走，總算恍然大悟那兩隻老虎就是二班。

車夫

有車夫載重登坡，方極力時，一狼來嚙其臀。欲釋手，則貨敝身壓，忍痛推之。既上，則狼已齕[1]片肉而去。乘其不能為力之際，竊嘗一臠[2]，亦黠而可笑也。◆

1 齕：讀作「和」，以牙齒去咬。
2 嘗一臠：吃一塊肉。臠，讀作「亂」的一聲。

白話翻譯

有個車夫載著沉重的貨物爬坡，正在使勁時，一頭狼跑來咬他的屁股。車夫剛想要放手，擔心貨物會倒塌壓在自己身上，只好忍痛繼續推車。等到終於爬上山坡，狼也已經咬下一片肉離開。這頭狼趁車夫無暇他顧時，偷偷吃掉一塊肉，倒也真是狡猾，挺好笑的。

◆**馮鎮巒評點：**從來割據諸國，如李持、王建、孟知祥皆乘其不能為力之際，而竊嘗一臠者也。

歷代割據其他國家者，如李持、王建、孟知祥這樣的人，都是趁別的國家無暇他顧之時伺機攻打，分割一小塊土地即止。

乩仙

章丘1米步雲，善以乩卜2。每同人雅集，輒召仙相與賡和3。一日，友人見天上微雲，得句，請以屬對，曰：「羊脂白玉天。」乩批云：「問城南老董。」眾疑其妄。後以故偶適城南，至一處，土如丹砂4，異之。見一叟牧豕其側，因問之。叟曰：「此豬血紅泥地也。」忽憶乩詞，大駭。問其姓，答云：「我老董也。」屬對不奇，而預知遇城南老董，斯亦神矣！

1章丘：古代縣名，今山東省章丘市。
2乩卜：民間藉由神明的力量來解決心中疑問的方法，又稱為「扶乩」。
3賡和：吟詩唱和。賡，讀作「庚」。
4丹砂：朱砂。

白話翻譯

米步雲是章丘人，擅長用扶乩來占卜吉凶。每次和人詩文聚會，更就召請神仙互相唱和。有一天，朋友看見天上有雲，想到一句上聯，請神仙對下聯，是爲：「羊脂白玉天。」乩詞對：「問城南老董。」大家懷疑神仙對不出來，所以胡言亂語。後來米步雲有事去城南，恰巧到了某處，泥土像似朱砂的顏色。他覺得很奇怪，看到一名老頭在旁邊放牧豬隻，就問他泥土的事。老頭說：「這是俗稱的『豬血紅泥地』。」他忽然想起扶乩的占詞，大爲驚訝，詢問老頭姓氏，則回答：「我叫老董。」神仙能對上下聯並不稀奇，能夠預知巧遇城南老董，才是神奇啊！

苗生

龔生，岷州[1]人。赴試西安[2]，憩於旅舍，沽酒自酌。一偉丈夫入，坐與語。生舉卮[3]勸飲，客亦不辭。自言苗姓，言噱[4]粗豪。生以其不文，偃蹇[5]遇之。酒盡，不復沽。苗曰：「措大[6]飲酒，使人悶損！」起向壚頭[7]沽，提巨瓻[8]而入。生辭不飲，苗捉臂勸釂[9]，臂痛欲折。生不得已，為盡數觴。苗以羹碗自吸，笑曰：「僕不善勸客，行止惟君所便。」生即治裝行。

約數里，馬病，臥於途，坐待路側。行李重累，正無方計，苗尋至。詰知其故，遂謝裝付僕，己乃以肩承馬腹而荷之，趨二十餘里，始至逆旅，釋馬就櫪[10]。移時，生主僕方至。生乃驚為神人，相待優渥，沽酒市飯，與共餐飲。苗曰：「僕善飯，非君所能飽飫[11]，飲可也。」引盡一瓻，乃起而別曰：「君醫馬尚須時日，余不能待，行矣。」遂去，後生場事畢，三四友人，邀登華山，藉地作筵。方共宴笑，苗忽至，左攜巨尊，右提豚肘[12]，擲地曰：「聞諸君登臨，敬附驥尾[13]。」眾起為禮，相並雜坐，豪飲甚歡。

眾欲聯句[14]。苗爭曰：「縱飲甚樂，何苦愁思！」眾不聽，設「金谷之罰」[15]。苗曰：「不佳者，當以軍法從事！」[16]眾笑曰：「罪不至此。」苗曰：「如不見誅，僕武夫亦能之也。」首座靳生曰：「絕巘[17]憑臨眼界空。」苗信口續曰：「唾壺擊缺[18]劍光紅[19]。」下座沉吟既久，苗遂引壺自傾。移時，以次屬句，漸涉鄙俚。苗呼曰：「只此已足，如赦我者，勿作矣！」眾弗聽。苗不

可復忍，遽效作龍吟，山谷響應；又起俛仰作獅子舞。

詩思既亂，眾乃罷吟，因而飛觴再酌。時已半酣，客又互誦闈中作，迭相贊賞。苗不欲聽，牽生豁拳。勝負屢分，而諸客誦贊未已。苗厲聲曰：「僕聽之已悉。此等文，只宜向床頭對婆子讀耳，廣眾中刺刺[20]者可厭也！」眾有慚色，更惡其粗莽，遂益高吟。苗怒甚，伏地大吼，立化為虎，撲殺諸客，咆哮而去。

所存者，惟生及靳。靳是科領薦[21]。後三年，再經華陰[22]，忽見嵇生，亦山上被噬者。大恐欲馳，嵇捉鞚使不得行。靳乃下馬，問其何為。答曰：「我今為苗氏之倀[23]，從役良苦。必再殺一士人，始可相代。三日後，應有儒服儒冠者見噬於虎，然必在蒼龍嶺[24]下，始是代某者。君於是日，多邀文士於此，即為故人謀也。」靳不敢辨，敬諾而別。至寓，籌思終夜，莫知為謀，自拚背約，以聽鬼責。

適有表戚蔣生來，靳述其異。蔣名下士[25]，邑尤生考居其上，竊懷忌嫉。聞靳言，陰欲陷之。折簡[26]邀尤，與共登臨，自乃著白衣[27]而往，尤亦不解其意。至嶺半，肴酒並陳，敬禮臻至。會郡守登嶺上，與蔣為通家[28]，聞蔣在下，遣人召之。蔣不敢以白衣往，遂與尤易冠服。交著未完，虎驟至，啣蔣而去。

異史氏曰：「得意津津[29]者，捉衿袖，強人聽聞；聞者欠伸屢作，欲睡欲遁，而誦者足蹈手舞，茫不自覺。知交者亦當從旁肘之躡之[30]，恐座中有不耐事之苗生在也。然嫉忌者易服而斃，則知苗亦無心者耳。故厭怒者苗也，——非苗也。」◆

◆何守奇評點：讀至後幅，可為陷人者戒。

讀到後半篇，可讓那些想要陷害別人的人引以為戒。

1岷州：古代州名，今甘肅省岷縣。

2西安：明清時代府名，今陝西省西安市長安區。

3卮：讀作「之」，圓形的酒器。

4言噱：邊談邊笑。噱，讀作「決」，大聲笑。

5偃蹇：態度傲慢。蹇，讀作「簡」。

6措大：指窮酸的讀書人。

7壚頭：酒店的代稱。壚，讀作「盧」，酒店放置酒罈的土臺。

8瓻：讀作「吃」，盛裝酒的器皿。

9釂：讀作「叫」，一飲而盡，俗稱的乾杯。

10櫪：讀作「力」，馬槽、馬廄。

11飫：讀作「預」，飽食、飽足。

12豚肘：豬蹄膀。

13敬附驥尾：自謙之詞。跟隨名士而得到顯赫的榮耀，猶言沾光。典出《史記．伯夷叔齊列傳》：「伯夷叔齊雖賢，得夫子而名益彰；顏淵雖篤學，附驥尾而行益顯。」伯夷叔齊雖然是賢才，但是由於得到孔子的讚揚，才使得名聲更加顯赫；顏淵雖然好學，也是因為追隨孔子後，德行才更加彰顯。驥，千里馬。

14聯句：古代作詩的一種方式，兩人或兩人以上一起作一首詩，每人作一、兩句，以此串聯成篇。

15金谷之罰：意謂若無法作詩，就罰酒三杯。石崇在洛陽金谷澗中築金谷園，在此設宴歡送征西大將軍王詡回歸長安，要求座上賓客各自作詩以舒暢胸臆，如果作不出來，就罰酒三杯。事見《世說新語．品藻》注引晉石崇《金谷詩序》。

16以軍法從事：按軍法處置。呂后召群臣宴飲，命朱虛侯劉章為監酒吏。劉章請求以軍法行酒，呂后同意他的提議。座中諸呂有一人喝醉逃走，劉章追上，拔劍將他處斬。事見《漢書．高五王傳》。

17絕巘：山的最高處。巘，讀作「演」，山峰。

18唾壺擊缺：形容豪邁的感情，志氣高漲，情緒激昂。事見《世說新語．豪爽》，王敦每次酒後吟詠魏武帝樂府歌：「老驥伏櫪，志在千里；烈士暮年，壯心不已。」便用如意按著節拍敲打唾壺，打到壺邊都缺口了。

19劍光紅：意指寶劍因殺敵而染成血紅色。

20剌剌：話多的樣子。

21領薦：指領鄉薦，即考中舉人。唐代科舉制度，參加進士考試的人，依例由地方官員推薦，此稱鄉舉或鄉薦。後代考中舉人，稱領鄉薦，或簡稱領薦。

22華陰：古代地名，今陝西省華陰市。

23倀：倀鬼，傳說中被老虎咬死之人所變成的鬼，而後供虎使喚。

24蒼龍嶺：華山著名的險道之一，位於救苦臺南、五雲峰下。因嶺的外部呈黑色，形如游龍般的地勢而得名。

25名下士：頗有聲望的讀書人，此指秀才。

26折簡：裁紙寫信。

27白衣：平民百姓的代稱。此指平民所穿的便服。

28通家：世交，世代有交情往來的家庭。此指交情深厚的朋友。

29津津：形容言談有趣味或食物吃起來有滋味。此指說話滔滔不絕。

30肘之躡之：用手肘觸碰他，用腳輕踩他，示意制止。

白話翻譯

龔生，岷州人，到西安參加鄉試，在旅館裡休息，買了酒菜自斟自酌起來。一個身材魁梧的男子進來，坐下與他攀談，龔生舉起杯勸他共飲，客人也不推辭，自稱姓苗，談笑豪邁粗獷。龔生覺得他舉止不文雅，對他傲慢無禮，一壺酒喝完了，也不再去買。苗生說：「和你這種窮酸書生喝酒，眞是悶死人了！」隨即走進酒肆，出錢買酒，提了一大罈酒進來。龔生推辭不喝，苗生捉住他手臂，勸他乾杯，龔生的手臂痛得快斷了，逼不得已飲盡了幾杯。苗生則拿著湯碗喝起酒來，笑道：「我不善於勸人喝酒，去留隨你的便吧。」龔生就收拾行李上路了。

走了約幾里路，龔生的馬生病了，躺臥路上。龔生坐在路邊，由於行李過重而累贅，不知該如何是好。不久，苗生來到，問他爲何坐在這裡，得知原因後，就把馬背上的行李卸下來交給僕人，自己竟用肩膀托著馬肚子，把馬了扛起來，走了足足二十多里路到達旅館，把馬放到馬槽裡去。不久，龔生主僕才到達旅館，他對苗生的力大無窮感到很吃驚，對他分外禮遇，打酒買飯，和苗生一起吃喝。苗生說：「我的飯量很大，你這點東西我吃不飽，喝酒倒還可以。」苗生喝完一壺酒，起身告別說：「醫治馬匹還需要些日子，我等不了你，就先走了。」說罷離開，後來鄉試結束了，龔生與三、四位朋友一起上華山遊玩，大家席地飲宴。正在談笑間，苗生忽然來了，左手拿著一個大酒壺，右手提著豬蹄膀，扔在地上說：「聽說諸位來此登

山，我特意前來沾大家的光。」眾人站起來朝他施禮，並肩雜坐，喝得很痛快。

眾人想要聯句吟詩，苗生反對說：「開懷暢飲就很開心了，何必去做讓自己傷腦筋的事情。」眾人不聽，訂立規矩，誰要是對不上就要罰喝三大杯的酒。苗生說：「詩作得不好的人，要以軍法處置。」眾人笑說：「罪過不至於這麼嚴重吧！」苗生說：「若不被砍頭，我這個武夫也能對上幾句。」坐在首席的靳生開頭：「絕巘憑臨眼界空。」苗生隨口接道：「唾壺擊缺劍光紅。」下座的人沉思許久，苗生邊等邊拿起酒壺喝了起來，不久，對句總算按順序接了下去，字詞間卻越接越俚俗。苗生大喊：「到此爲止！如果肯饒了我，就不要再對下去了。」眾人不聽，苗生忍無可忍，仿效龍吟長嘯，山谷間回音不斷，苗生又站了起來，上竄下跳地跳起獅子舞。

詩興被打亂了，眾人才停止作詩，又舉杯酌酒暢飲。酒喝得半醉，眾人又各自朗誦在考場上所作的文章，相互讚賞。苗生不想聽，拉著龔生的手猜拳，兩人分出好幾次勝負，眾人還在繼續誦讀讚賞文章。苗生怒斥：「我已經聽夠了！這樣的文章，只適合在床頭讀給自己的老婆聽，大庭廣眾之下，喋喋不休，聽了讓人厭煩！」眾人感到羞愧，又更加討厭苗生粗魯的舉止，於是越讀越大聲。苗生很憤怒，趴在地上大吼，立刻變成一隻老虎，撲上去把眾人殺掉，咆哮掉頭離去。

倖存者只有龔生和靳生兩人，靳生後來考中舉人，三年後，靳生再經過華陰，忽然遇到嵇生，是其中一個在山上被老虎咬死的人。靳生很驚恐，騎在馬上掉頭就想狂奔，嵇生捉住馬的

苗生

龍吟獅吼氣豪雄
俗子何堪溷乃公
滿座衣冠驚一吼
不須更試劍光紅

韁繩，使馬無法走動，靳生才下馬，問他意欲何爲。嵇生說：「我如今已成了苗生的倀鬼，服役甚苦，必須再殺一位讀書人，才能代替我。三天後，應該有個身穿儒服頭戴儒冠的書生被老虎咬死，地點必須在蒼龍嶺下，才能代替我。你在那天廣邀幾位文士到這裡，也就算爲我這個故人盡點心了。」靳生不敢反駁，答應後與他作別。他回到寓所，想了一整夜，都沒想出什麼好主意，決定豁出性命，任憑自己被鬼責罰。

剛好靳生有個表親蔣生前來，就把這件事告訴他。蔣生是個秀才，同鄉的尤生考試成績在他之上，因此心生妒忌，當時聽到靳生所言，暗中想陷害尤生，就寫了一封信，邀請尤生一同到蒼龍嶺登山，自己穿平民裝束前往，尤生看不明白他想幹什麼。走到半山腰，蔣生擺放酒菜，恭敬地請尤生喝酒。剛好西安知府也到蒼龍嶺上，知府與蔣生是世交，聽說蔣生在蒼龍嶺，就派人召他前往。蔣生不敢穿平民便服前去見知府，就和尤生交換衣帽，衣服還沒有換完，老虎突然撲過來，把蔣生叼走了。

記下奇聞異事的作者如是說：「得意洋洋的書生，經常拉著別人衣服，要人家聽他發表作品；聽的人則不斷打哈欠，又想睡，又想逃走；而講的人比手畫腳，渾然無覺。若是好朋友，就要偷偷用手肘碰他，或者輕踩他一下提點他，恐怕座中賓客有像苗生這樣不耐煩的人。然而忌妒別人的蔣生，卻是因爲和別人交換衣帽而被老虎咬死，可見苗生不是有意針對他個人的惡行。由此可見，討厭那些不知輕重的讀書人的，可不只苗生一人啊！」

蠍客

南商販蠍者，歲至臨朐[1]，收買甚多。土人持木鉗入山，探穴發石搜捉之。一歲，商復來，寓客邸。忽覺心動，毛髮森悚，急告主人曰：「傷生既多◆，今見怒於蠆[2]鬼，將殺我矣！急垂拯救！」主人顧室中有巨甕，乃使蹲伏，以甕覆之。移時，一人奔入，黃髮獰醜。問主人：「南客安在？」答曰：「他出。」其人入室四顧，鼻作嗅聲者三，遂出門去。主人曰：「可幸無恙矣。」及啟甕視客，已化為血水。

1臨朐：古代縣名。今山東省臨朐縣。朐，讀作「渠」。

2蠆：讀作「拆」的四聲。毒蟲的一種，形體像蠍子。

3雪亭：即段粧，與《聊齋志異》的評點者馮喜賡（虞堂）、胡泉（者島）、劉瀛珍（仙舫）等文友，在當時皆有所往來。

◆雪亭[3]評點：「傷生既多」一語，所謂人之將死，其言也善。天地之大德曰「生」。殺人以生人，猶遲飛升；況殺物以取利乎？

「傷生既多」一句話，正所謂人快要死的時候，說的都是真切良善之語。天地的德行是絕對至善，秉持讓萬物皆能生存的善心。但對於那些為了維護人的生存而殺人者，雖然他們為民除害，做的卻仍是殺生之事，雖可飛升成仙，仍要先受到懲罰而延後；更何況是那些為了私利而去殺害萬物生命的人呢？

白話翻譯

南方某商人以販賣蠍子為生，每年都會去臨朐大量收購。當地人拿木製的鉗子上山，查探洞穴挖出石頭捉蠍子。某一年，商人又來到臨朐，住在旅店裡，忽感心口怦怦作響，毛髮悚然，急忙稟告店主人說：「我殺生作孽太多，現在惹怒蠆鬼，祂要來殺我了！請你救救我！」店主人看到房中有個大甕，就讓商人蹲伏在地，用大甕把他罩住。不久，一個人跑了進來，一頭黃髮，相貌醜陋猙獰，問店主人：「南方來的商人在哪？」店主人回答：「他出去了。」黃髮人進入房內四處張望，鼻子不停發出嗅東西的聲響，這才出門離去。店主人說：「幸好逃過一劫。」就去掀開大甕，發現商人竟已化成一灘血水了。

杜小雷

杜小雷，益都①之西山人。母雙盲。杜事之孝，家雖貧，甘旨無缺。一日，將他適，市肉付妻，令作餺飥。妻最忤逆，切肉時，雜蜣蜋②其中。母覺臭惡不可食，藏以待子。杜歸，問：「餺飥③美乎？」母搖首，出示子。杜裂視，見蜣蜋，怒甚。入室，欲撻妻，又恐母聞。上榻籌思，妻問之，不語。妻自餒，彷徨榻下。久之，喘息有聲。杜叱曰：「不睡，待敲扑④耶！」亦竟寂然。起而燭之，但見一豕，細視，則兩足猶人，始知為妻所化◆。邑令聞之，縶去，使遊四門，以戒眾人。譚薇臣曾親見之。

◆何守奇評點：逆婦化豕，恐此類繁矣。

不孝的妻子變成豬，像這樣的媳婦恐怕族類繁多啊。

1 益都：今山東省壽光市北。
2 蜣蜋：讀作「槍郎」。一種鞘翅昆蟲，背有堅硬光澤的甲殼，常以糞便為食，在糞上產卵，方便幼蟲食糞。也稱為「蛣螂」、「蛣蜣」、「轉丸」、「屎蚵蜋」，以及「糞金龜」。
3 餺飥：讀作「博拖」，水餃。
4 敲扑：刑具的一種，或指棍棒，或指鞭子。

白話翻譯

杜小雷是益都西郊山村的人，母親雙目失明。杜小雷侍奉母親孝順備至，家中雖然貧窮，但沒有一天不買可口的食物給母親吃。

有一天，杜小雷將要外出，買肉交給妻子，要她做水餃給母親。妻子最不孝順，切肉時，把蜣螂摻在肉裡，母親覺得味道惡臭，吃不下去，就把水餃藏起來，等兒子回來。杜小雷回來後，問：「水餃好吃嗎？」母親搖頭，把水餃拿出來給兒子看。杜小雷掰開觀視，看到蜣螂，非常生氣，進入房中想鞭打妻子，又怕母親聽見，就爬上床想計策。妻子問他也默不作聲，她感到心虛，在床邊走來走去。過了許久，杜小雷聽見一陣喘氣聲，呵叱道：「你不睡覺，是想挨打嗎？」四周寂然無聲。

杜小雷起床拿燈一照，妻子不知去哪了，只看到一頭豬，仔細一看，兩條腿還是人的腳，這才知道豬是妻子變的。縣令聽說此事，就把豬綁走，遊街經過四個城門以示眾人，警告民眾。譚薇臣親眼見過那頭豬。

杜小雷

惡婦心腸毒
似虺豕身
項刻轉輪
迴城門游
遍人爭看
共道杜
家逆
婦來

杜小雷

毛大福

太行①毛大福，瘍醫②也。一日，行術歸，道遇一狼，吐裹物，蹲道左。毛拾視，則布裹金飾數事③。方怪異間，狼前歡躍，略曳袍服，即去。毛行，又曳之。察其意不惡，因從之去。未幾，至穴，見一狼病臥，視頂上有巨瘡，潰腐生蛆。毛悟其意，撥剔淨盡，敷藥如法，乃行。日既晚，狼遙送之。行三四里，又遇數狼，咆哮相侵，懼甚。前狼急入其群，若相告語，眾狼悉散去。毛乃歸。

先是，邑有銀商④甯泰，被盜殺於途，莫可追詰。會毛貨金飾，為甯所認，執赴公庭。毛訴所從來，官不信，械之。毛冤極不能自伸，惟求寬釋，請問諸狼◆。官遣兩役押入山，直抵狼穴。值狼未歸，及暮不至，三人遂反。至半途，遇二狼，其一瘡痕猶在，毛識之，向揖而祝曰：「前蒙餽贈，今遂以此被屈。君不為我昭雪，回去搒掠⑤死矣！」狼見毛被縶，怒奔隸。隸拔刀相向。狼以喙拄地大嗥⑥；嗥兩三聲，山中百狼群集，圍旋隸。隸大窘。狼競前囓縶索，隸悟其意，解毛縛，狼乃俱去。歸述其狀，官異之，未遽釋毛。

後數日，官出行，一狼啣敝履，委道上。官過之，狼又啣履奔前置於道。官命收履，狼乃去。官歸，陰遣人訪履主。或傳某村有叢薪者，被二狼迫逐，啣其履而去。拘來認之，果其履也。遂疑殺甯者必薪，鞫⑦之果然。蓋薪殺甯，取其巨金，衣底藏飾，未遑搜括，被狼啣去也。

昔一穩婆⑧出歸，遇一狼阻道，牽衣若欲召之。乃從去，見雌狼方娩不下。嫗為用力按捺，產下放歸。明日，啣鹿肉置其家以報之。可知此事從來多有。

1太行：地名。太行山又名五行山、王母山、女媧山，或作太形山。跨越今北京市、河北省、山西省、河南省四個省分。
2瘍醫：專治外傷的醫官。瘍，讀作「陽」。
3數事：數件。
4銀商：買賣金銀飾物的商人。
5搒掠：嚴刑拷打。搒，讀作「蹦」或「朋」，是「榜」的異體字，笞擊之意。
6嘷：讀作「豪」，吼叫、號哭之意。
7鞫：讀作「局」，審問、審判。
8穩婆：替婦女接生的婦人。

◆**但明倫評點：**「請問諸狼」，言似妄誕，先釋其縛，而卒昭雪之。諺曰「狼子野心」，未必盡然。

「請問諸狼」，這句話看似荒唐，狼卻有靈，先讓官差替毛大福鬆綁，後又替他洗雪冤屈。俗諺說「狼子野心」，也未必都是如此。

白話翻譯

毛大福住在太行山區，是專治外傷的醫者。有一天，他出外看診回家，半路上遇到一頭狼。狼從嘴裡吐出一個包裹，退到路邊蹲下。毛大福撿起來觀視，包裹裡裝的是幾件金飾。他正感到詫異，狼歡欣地上前跳躍，用嘴輕拉毛大福的衣服下襬後退開；毛大福走開幾步，狼又回來用嘴拉他衣角。他覺得狼沒有惡意，就跟著牠走。不久，來到一個洞穴，只見一隻狼生了病躺在地上，看牠頭頂上長了一個大膿瘡，已經潰爛生蛆。毛大福明白狼是要他醫治這隻病

狼，就動手替病狼清除膿瘡，比照醫治人類的手法替牠敷藥，這才離開。天色已晚，狼遠遠地尾隨送他離去，走了三、四里路，又遇到幾隻狼，咆哮想要攻擊他。毛大福十分驚恐，先前那頭狼這時衝入狼群中，像似警告牠們一樣，群狼才一哄而散，毛大福得以安全回家。

先前，當地有個叫甯泰的銀樓商人，被盜賊殺死在路上，案子一直懸而未結。剛好毛大福販賣金飾，甯家人認出這是甯泰販賣的東西，將毛大福綁了送到衙門。毛大福說出金飾的來歷，縣官卻認爲他說謊，想要對他動刑。毛大福有冤難伸，只能懇求縣官暫且釋放他，讓他去找那頭狼來。縣令派遣兩個官差押他進入山裡，直接來到狼住的洞穴，剛好狼沒回來，到了傍晚還是不見蹤影，三個人就要想回去。走到半途，遇到兩隻狼，其中一隻是被毛大福醫治過的狼，頭頂的傷疤還在。毛大福認出，向狼作揖禱告說：「日前承蒙你餽贈我金飾，我因此而被人冤枉，你若不替我澄清作證，我回去就會被用刑至死。」狼看見毛大福手腳被綁，憤怒地衝向官差。官差忙拔刀相向，狼用嘴巴抵地，放聲大嗥，山中百來隻狼瞬間聚集，把官差團團圍住。官差感到驚恐，狼爭先恐後去咬毛大福身上的繩子，官差明白狼群的意思，就替毛大福鬆綁，狼群這才散去。回到縣衙，官差陳述事情經過，縣令也感到詫異，卻仍未釋放毛大福。

幾天後，縣令出巡，一頭狼叼來一隻破敗的鞋子，把鞋放到路上。縣令不以爲意，從旁走過。狼又叼起鞋子跑到他面前，繼續把鞋放在地上。縣令命人把鞋子收起來，狼才離開。回去後，他命人暗中探訪鞋子的失主。有人說某村有個砍柴的樵夫，被兩匹狼狂追，咬下他的鞋子

毛大福
且屈瘍醫作獸
醫持將金帛來相
貽莫言狼子心多
野銜履居然計
出奇
毛大福

叼著跑走了。縣令把此人抓來認鞋，果然這隻鞋是他的，縣令懷疑起殺甯泰的人就是樵夫，一審問果然如此。樵夫殺了甯泰，拿走他的財物，衣服裡藏的金飾還沒來得及搜括，就被狼叼走了。

以前，有個接生婆外出回家，遇到一隻狼攔路，拉她的衣服，像是要她跟牠走。接生婆跟著前去，看見一隻母狼正在難產，接生婆用力爲牠按摩，直到順利生產，狼才放她回家。第二天，狼叼來鹿肉放在接生婆家的院子裡。可見這類情事是自古就有的。

雹神

唐太史濟武[1]，適日照[2]會安氏葬。道經雹神李左車[3]祠，入游眺。祠前有池，池水清澈，有朱魚[4]數尾游泳其中。內一斜尾魚唼呷[5]水面，見人不驚。太史拾小石將戲擊之。道士急止勿擊。問其故，言：「池鱗皆龍族，觸之必致風雹。」太史笑其附會之誣，竟擲之。既而升車東行，則有黑雲如蓋，隨之以行。簌簌雹落，大如綿子。又行里餘，始霽[6]。太史弟涼武在後，追及與語，則竟不知有雹也。問之前行者亦云。太史笑曰：「此豈廣武君作怪耶！」猶未深異。◆

安村外有關聖祠，適有稗販客[7]，釋肩[8]門外，忽棄雙簏[9]，趨祠中，拔架上大刀旋舞。曰：「我李左車也。明日將陪從淄川唐太史一助執紼[10]，敬先告主人。」數語而醒，不自知其所言，亦不識唐為何人。安氏聞之，大懼。村去祠四十餘里，敬修楮帛[11]祭具，詣祠哀禱，但求憐憫，不敢枉駕。太史怪其敬信之深，問諸主人。主人曰：「雹神靈蹟最著，常託生人以為言，應驗無虛語。若不虔祝以尼[12]其行，則明日風雹立至矣。」

異史氏曰：「廣武君在當年，亦老謀壯事[13]者流也。即司雹於東，或亦其不磨之氣，受職於天。然業已神矣，何必翹然自異哉！唐太史道義文章，天人之欽矚[14]已久，此鬼神之所以必求信於君子也。」

◆**何守奇評點：**前後不雹，而中間獨雹，廣武君似亦可以不必。

唐濟武的儀仗車隊，前後都沒有降冰雹，唯獨降唐濟武一人，廣武君似乎可以不必這麼做。

1 唐太史濟武：唐夢賚（賚，讀作「賴」），字濟武，號嵐亭，別字豹岩。淄川人，清世祖順治六年（西元一六四九年）進士，授庶吉士。八年，授翰林院檢討。九年罷歸。唐氏與蒲松齡交情甚好，曾為《聊齋志異》作序。

2 日照：古代縣名。今山東省日照市。

3 李左車：漢初行唐（今河北省行唐縣）人，最初依附趙王，封廣武君。至韓信敗趙王後，歸於韓信麾下，韓信用他的奇謀攻取燕、齊等地。李左軍死後為雹神，即專司降雹的神祇。此傳說已不可考。

4 朱魚：金魚。

5 唼呷：讀作「煞霞」。魚或水鳥吃東西。

6 霽：讀作「季」，形容天色清朗的樣子。

7 稗販客：販賣東西的小商販。稗，讀作「拜」，卑微、微小。

8 釋肩：休息。

9 簏：讀作「路」，圓形的竹箱。

10 執紼：送葬。紼，讀作「福」，牽引靈車的繩子。

11 楮帛：祭祀用的冥紙。楮，讀作「楚」。

12 尼：通「泥」，此處讀作「逆」。使滯留，阻擋。

13 老謀壯事：原指老年人的計謀與青壯年的戰績功勳。此指周密詳細的計畫。

14 欽矚：敬佩。

白話翻譯

翰林唐濟武，到日照參加安某人的葬禮，經過雹神李左車的廟，就進去遊覽一番。廟前有個水池，池水清澈，有幾條金魚悠游其中。其中一條斜尾魚游出水面吃東西，見人也不驚恐，唐濟武就撿起小石頭想逗牠玩。有個道士見狀，急忙制止，唐濟武詢問原因，道士說：「魚都是龍的同族，打牠們會招來暴風和冰雹。」唐濟武譏笑這是穿鑿附會的迷信，不聽道士勸告，還是拿小石頭丟向那條魚。唐濟武接著上車，繼續向東前行，有一團黑雲忽地像蓋子一樣，跟隨唐濟武而行，接著就有冰雹簌簌掉了下來，像棉子一般大。一行人又走了一里多路，天才放

雹神
靈祠誰敢擊池
魚用雹相傳
李左車試看黑
雲頭上覆可知
稗販語非虛

晴，唐濟武的弟弟唐涼武走在後面，兩人相距一箭的距離。他追上兄長和他說話，竟不知道剛才下過冰雹，問走在前面的人也是如此。唐濟武笑說：「這難道是廣武君在搞鬼嗎！」並未感到有什麼太奇怪之處。

安家村外有座關帝廟，有個外地來的小商販在廟門口休息，忽然放下自己的兩個竹箱子，走進廟裡拔下架子上的大刀，一面旋轉揮舞，一面說：「我乃李左車是也，明天將陪同淄川的唐濟武一同前往送葬，先知會主人一聲。」說了幾句就清醒過來，不知自己說了什麼話，也不知唐濟武是什麼人。安家人聽說了感到很驚懼，村子離關聖廟四十餘里，還是恭敬地準備了冥紙祭品，來到廟裡苦苦祈禱，只求雹神憐憫，不敢勞煩雹神大駕。唐濟武看他們這麼虔誠覺得很奇怪，就詢問主事者緣由，安家人於是道：「雹神一向最爲靈驗，經常附在活人身上傳話，沒有一次不屬實的。如不虔誠禱告，勸阻祂不要來，那麼明天就會降下大風雹了。」

記下奇聞異事的作者如是說：「廣武君當初也是個深謀遠慮、戰功彪炳之人。如今祂掌管東部降雹的工作，或許是他永不磨滅的正義之氣，上天才授予祂這個重責大任。但既然已經是神了，又何必端出高傲的姿態，特立獨行呢！唐濟武的德行文章，早就受到上天與世人的敬重，這就是爲什麼鬼神要透過這些君子賢士來彰顯自己的存在吧。」

李八缸

太學[1]李月生，升宇翁之次子也。翁最富，以缸貯金，里人稱之「八缸」。翁寢疾，呼子分金：兄八之，弟二之。月生觖望[2]。翁曰：「我非偏有愛憎，藏有窖鏹[3]，必待無多人時，方以畀[4]汝，勿急也。」過數日，翁益彌留[5]。月生慮一旦不虞[6]，覷無人，即床頭祕訊之。翁曰：「人生苦樂，皆有定數。汝方享妻賢之福，故不宜再助多金，以增汝過。」蓋月生妻車氏，最賢，有桓[7]、孟[8]之德，故云。月生固哀之。怒曰：「汝尚有二十餘年坎壈[9]未歷，即予千金，亦立盡耳。苟不至山窮水盡時，勿望給與也！」月生孝友敦篤，亦即不敢復言。無何，翁大漸[10]，尋卒。幸兄賢，齋葬之謀，勿與校計。月生又天真爛漫，不較錙銖，且好客善飲，炊黍治具[11]，日促妻三四作，不甚理家人生產。里中無賴窺其懦，輒魚肉[12]之。逾數年，家漸落。窘急時，賴兄小周給，不至大困。無何，兄以老病卒，益失所助，至絕糧食。春貸秋償，田所出，登場輒盡。乃割畝為活，業益消減。又數年，妻及長子相繼殂謝[13]，無聊益甚。尋買販羊者之妻徐，冀得其小阜[14]；而徐性剛烈，日淩藉之，至不敢與親朋通弔慶禮。忽一夜夢父曰：「今汝所遭，可謂山窮水盡矣。嘗許汝窖金，今其可矣。」問：「何在？」曰：「明日畀汝。」醒而異之，猶謂是貧中之積想也。次日，發土葺牆[15]，掘得巨金，始悟向言「無多人」，乃死亡將半也。

異史氏曰：「月生，余杵臼交[16]，為人樸誠無偽。余兄弟與交，哀樂輒相共。數年來，村隔十

餘里，老死竟不相聞。余偶過其居里，因亦不敢過問之。則月生之苦況，蓋有不可明言者矣。忽聞暴得千金，不覺為之鼓舞。嗚呼！翁臨終之治命[17]，昔習聞之，而不意其言皆讖也。抑何其神哉！」◆

1太學：明代以後太學指國子監，此指太學生，也稱監生。
2觖望：因不滿而心生怨恨。觖，讀作「決」，不滿、怨憤。
3窖鏹：囤積、儲蓄的金錢。此指埋於地下的錢財。鏹，讀作「搶」，古代串銅錢的繩索，泛指錢幣。
4畀：讀作「幣」，給予。
5彌留：出自《尚書．顧命》：「病日臻，既彌留。」彌，久。本謂久病不癒，後用以稱病重將死。
6不虞：意料之外的事情，此指死亡。
7桓：桓少君，東漢鮑宣的妻子。桓少君剛出嫁時，家中給少君許多嫁妝，鮑宣對此感到不滿，少君就把嫁妝全部退回娘家，與鮑宣共挽柴車回鄉。少君極為賢慧，能夠吃苦耐勞，為鄉里所稱頌。事見《後漢書．鮑宣妻傳》。
8孟：孟光，東漢梁鴻的妻子，東漢平陵人（今陝西省咸陽市西北），字德曜。孟光生得其貌不揚，皮膚黝黑，剛嫁給梁鴻時打扮豔麗，不得丈夫歡心，這才改換布衣，夫妻二人耕田織布，以此為生。每次吃飯時，孟光都把盤子舉到與眉等高，表示對丈夫的恭敬，後世稱為「舉案齊眉」，成為賢良妻子的典範。事見《後漢書．梁鴻傳》。
9坎壈：窮困抑鬱不得志。壈，讀作「覽」。
10大漸：病情嚴重快要死亡。
11炊黍治具：準備飯菜食物。
12魚肉：當動詞用，任人魚肉，即任人宰割、欺負的意思。
13殂謝：亡故、辭世。殂，讀作「粗」的二聲。
14小阜：小康。阜，豐厚、富裕。
15葺牆：修補牆垣。葺，讀作「企」，修建。
16杵臼交：不論貧富貴賤而結交的友誼。
17治命：指先人臨終前，神智清醒時所交代的遺言。語見《左傳．宣公十五年》。

◆**何守奇評點**：月生所遭，其翁早已知之，殊不可解。豈翁之將終，其人固已鬼歟？

月生後來的遭遇，他的父親早已知道，這令人匪夷所思。難道他的父親臨終時，就已經是個鬼了嗎？

白話翻譯

李月生是太學生，他是升宇翁的次子。升宇翁最爲富有，他用水缸來裝金錢，鄉里的人稱他爲「八缸」。升宇翁臥病在床，叫兒子前來分財產：哥哥分得十分之八，弟弟十分之二。月生分得少，心生怨恨，升宇翁說：「我不是偏心長子，我還有藏金，一定要等到夜深人靜，人不多的時候，才可以給你，不要著急。」幾天過後，升宇翁病情更加嚴重，月生擔憂父親隨時都會撒手人寰，眼看四下無人，來到床頭偷偷詢問父親財產的事。升宇翁說：「人一生的窮達富貴、歡喜哀樂，冥冥中都是註定好的。你已經娶了一房賢妻，不適合再拿太多的錢，這會增加你的罪孽。」原來，月生的妻子車氏很賢慧，堪比桓少君與孟光，所以升宇翁才這麼說。月生仍舊不斷哀求，升宇翁大怒道：「你還有二十多年坎坷生活未嘗經歷，即使給你萬貫家財，也會頃刻敗光。不到山窮水盡的時候，不要指望拿到這筆錢！」月生爲人孝順忠厚，不敢再多言，但仍寄望父親病癒，可以把這個祕密告訴他。

過了一陣子，升宇翁病危，沒多久就死了。幸好兄長賢良，主動負擔喪葬費用，不與月生計較。月生性情率眞，出手闊綽，兼之喜歡請客，酒量很好，每天都要催促妻子做三、四次飯。然而他不擅長打理家業，同鄉的地痞流氓看他懦弱，時常剝削欺壓他。過了幾年，家道逐漸衰落，月生窘迫時，就靠兄長略微接濟，生活還過得去。不久，連兄長也年老病逝，月生更

加失去依靠，甚至家中斷炊，過起春天借錢，秋天收成還債的生活，田地裡一長出莊稼，剛收割就得拿去抵債。月生只好賣田地來維持生計，家產也逐漸減少，又過數年，他的長子和妻子相繼過世，自覺苦悶無聊，就娶了羊販子的遺孀徐氏，想得到她身上的一筆錢。然而徐氏性情剛烈，每日凌虐他，使他最後甚至連婚喪喜慶都不敢與親戚朋友往來。某天晚上，月生忽然夢見父親，父親對他說：「你現在的遭遇，可說是山窮水盡了。以前許諾你的藏金，現在可以給你了。」月生問：「在哪裡？」父親說：「明天給你。」月生醒來後覺得詫異，以爲是窮怕了才作出這種發財夢。第二天，正當他在掘土修牆時，竟挖到一大筆銀子，這才明白父親先前所說的「人少的時候」，原來是指家中的人死了大半的時候。

記下奇聞異事的作者如是說：「月生，是我的患難之交。他爲人樸實率眞，我們兄弟與他交往，歡樂哀傷都一起承擔。這幾年來，我們所住的村子只隔了十幾里，竟然老死不相往來，我偶然經過他家也不敢去探望。月生生活淒苦，也有他的難言之隱，忽然聽說他發了筆橫財，我也爲他歡欣鼓舞。唉！升宇翁臨終的遺言，我以前也聽他講過，沒想到每句話都應驗了，實在是太神奇了！」

李八缸

何爲窖藏昇何
遲竟到山窮水
盡時回首聆留
當日語廿年坟
壤已蒙知

老龍船戶

朱公徽蔭[1]巡撫粵東[2]時，往來商旅，多告無頭冤狀。千里行人，死不見尸；數客同遊，全無音信。積案纍纍，莫可究詰。初告，有司尚發牒[3]行緝；迨[4]投狀既多，竟置不問。公蒞任，歷稽舊案，狀中稱死者不下百餘，其千里無主者，更不知凡幾。公駭異惻怛[5]，籌思廢寢。遍訪僚屬，迄少方略。於是潔誠熏沐[6]，致檄[7]城隍之神。已而齋寢，恍惚見一官僚，搢笏[8]而入。問：「何官？」答云：「城隍劉某。」「將何言？」曰：「鬢邊垂雪，天際生雲，水中漂木，壁上安門。」言已而退。既醒，隱謎不解。輾轉終宵，忽悟曰：「垂雪者，老也；生雲者，龍也；水上木為船；壁上門為戶。豈非『老龍船戶』耶！」◆蓋省之東北，曰小嶺[9]、曰藍關[10]，源自老龍津[11]，以達南海，嶺外巨商，每由此入粵。公遣武弁[12]，密授機謀，捉龍津駕舟者，次第擒獲五十餘名，皆不械而服。蓋此等賊以舟渡為名，賺客登舟，或投蒙藥[13]，或燒悶香[14]，致客沉迷不醒；而後剖腹納石，以沉水底。冤慘極矣！自昭雪後，遐邇歡騰，謠頌[15]成集焉。

異史氏曰：「剖腹沉石，慘冤已甚，而木雕[16]之有司[17]，絕不少關痛癢，豈特粵東之暗無天日哉！公至則鬼神效靈，覆盆[18]俱照，何其異哉！然公非有四目兩口，不過痌瘝[19]之念，積於中者至耳。彼巍巍然，出則刀戟橫路，入則蘭麝[20]熏心，尊優[21]雖至，究何異於老龍船戶哉！」

◆何守奇評點：鬼能通神，此自朱公精誠所格；而猶不以正告者，豈非使公自竭其精誠歟？

鬼自有神通，能解懸案，這也是朱大人殫精竭慮感動鬼神所致；然而城隍卻不直接明示，這豈不是要讓朱大人傷透腦筋嗎？

1朱徽蔭：朱宏祚，字徽蔭，清順治五年（西元一六四八年）考中舉人，高唐（今山東省高唐縣）人。初任盱眙知縣，遷兵部郎中，康熙二十六年（西元一六八七年），擢升廣東巡撫，任內頗有政聲。
2粵東：今廣東省。
3牒：讀作「蝶」，官府發布的公文或證明文書。
4迨：讀作「代」，直到、等到。
5惻怛：悲傷憂愁。怛，讀作「達」，憂傷、悲痛。
6熏沐：在做某事前沐浴，並用香料塗抹全身，以身體的潔淨表示恭敬尊重之意。
7檄：讀作「息」，官方文書。
8搢笏：古代官員穿著，將手上所執的笏（讀作「護」），插於綁在腰間一端下垂的腰帶上。此指身穿官服。
9小嶺：即藍關。

10藍關：位於廣東省龍川縣與五華縣交界處。
11老龍津：今廣東省龍川縣老龍鎮。
12武弁：武官。弁，讀作「辨」。
13蒙藥：又稱蒙汗藥，摻入飲食中能使人暫時昏迷沉睡。
14悶香：又稱迷魂香，點燃後吸入煙霧會暫時失去知覺。
15謠頌：歌功頌德的民歌。
16木雕：木刻泥塑的雕像。此處形容官員如同泥塑像般沒有良心，對百姓的苦難視若無睹。
17有司：官員、官吏。
18覆盆：往下覆蓋的盆，透不進一絲光線。此指暗無天日。
19痌瘝：讀作「通關」，疾苦病痛之意。
20蘭麝：婦女身上所散發的體香。
21尊優：養尊處優。

白話翻譯

朱徽蔭大人剛上任廣東巡撫時，往來的商旅經常到衙門控告無頭冤狀。遠道而來的商旅有許多人死了，卻找不到屍體，甚至同行的夥伴也都音信斷絕，案子積壓甚多，沒有線索可循。起初衙門接獲告狀，官府還會發公文追捕；等到控訴的狀子多了起來，竟然放置不再過問。朱徽蔭大人上任後查核舊案，狀子中稱死者不下百餘人，其中遠道而來的商旅更是不計其數。朱徽蔭大人驚駭悲傷，每日思量破案之法，直至廢寢忘食；訪遍同僚和部屬，仍無頭緒。於是，他焚香沐

浴，寫了篇公文給城隍爺，改行吃素睡在書房。朱大人一日剛睡下，恍惚間見到一名官員，身著官服走了進來。朱徽蔭大人問：「你是什麼官職？」那人答道：「城隍神劉某。」朱徽蔭大人又問：「你要說什麼？」城隍答：「鬢邊垂雪，天際生雲，水中漂木，壁上安門。」說完就告退。朱徽蔭大人醒來，解不出城隍所說的謎語。翻來覆去想了一晚上，忽然恍然大悟：「鬢邊垂雪，是老；天際生雲是龍；水上漂木是船；牆壁上的門是戶。合起來豈非『老龍船戶』嗎？」

原來廣東省東北地區，有兩條河分別是小嶺和藍關，都源自老龍津後流入南海，嶺外大商人時常從這裡進入廣東。朱徽蔭大人一早派遣武官，暗中告訴他們計謀，捉拿老龍津駕船的船夫，陸續擒獲五十幾人，全都還未動刑就招供。原來，這些賊寇假裝成船夫，騙客商上船，有的下蒙汗藥，有的燒迷香，讓客商昏迷不醒，再剖開他們的肚子放入石頭，把屍體沉入水中，死狀極慘。自從昭雪後，遠近人士都歡欣鼓舞，將這件事編成歌謠集結成冊。

記下奇聞異事的作者如是說：「強盜剖開客商們的腹部放入石頭，將他們沉入大海，使之冤死於大海中，這是何等地淒慘，而麻木不仁的官員，對於百姓的疾苦毫不關心，難道只有廣東一省如此而已嗎？朱徽蔭大人一到，鬼神就顯靈，暗無天日的廣東頓時陽光普照，這是何等地怪異啊！朱徽蔭大人並非擁有四眼兩嘴般的神力，不過是懂得體恤百姓的痛苦，時時刻刻謹記於心。那些地位崇高、掌握權勢的人，出門時刀槍橫路地耀武揚威，回到家還有妻妾環繞，養尊處優到了極點，這種人與殘害百姓的老龍船戶又有什麼分別呢！」

老龍船戶
蘆回南接老龍
津誰中冤魂向
水濱為振長年
算歡喜可知
謎語出神明

青城婦

費[1]邑高夢說[2]為成都[3]守，有一奇獄。先是，有西商客成都，娶青城山[4]寡婦。既而以故西歸，年餘復返。夫妻一聚，而商暴卒。同商疑而告官，官亦疑婦有私，苦訊之。橫加酷掠，卒無詞。牒[5]解上司，並少實情，淹[6]繫獄底，積有時日。後高署有患病者，延一老醫，適相言及。醫聞之，遽曰：「婦尖嘴否？」問：「何說？」初不言，詰再三，始曰：「此處繞青城山有數村落，其中婦女多為蛇交，則生女尖喙，陰[7]中有物類蛇舌。至淫縱時，則舌或出，一入陰管[8]，男子陽脫立死。」高聞之駭，尚未深信。醫曰：「此處有巫嫗能內藥[9]使婦意蕩，舌自出，是否可以驗見。」高即如言，使嫗治之，舌果出，疑始解。牒報郡。上官皆如法驗之，乃釋婦罪。

1費：讀作「必」，古代縣名，今山東省費縣。
2高夢說：字興岩，號易庵，清初山東省費縣人。康熙二年（西元一六六三年）升任四川省成都府同知。
3成都：今四川省成都市。
4青城山：位於四川省都江堰市西南。
5牒：讀作「蝶」，官府發布的公文或證明文書。
6淹：長久。
7陰：陰戶。
8陰管：陰莖，男性生殖器。
9內藥：此指把藥塞進陰道中。

白話翻譯

費縣的高夢說做成都府同知時，發生了一樁奇案。先前，有西部來的商人客居成都，娶了一個青城山的寡婦。不久，商人有事回家鄉去，過了一年多才回來。夫妻剛團聚沒多久，商人就暴斃了。和他一起經商的人都覺得這事很可疑，一狀告到了官府，官府也懷疑婦人與人私通，謀殺親夫，嚴刑拷打逼供，婦人卻始終不認罪。高夢說將她移交府城提刑按察司也問不出眞相，只好將寡婦收押在獄中，過了很久，案子懸而不決。後來，高夢說的衙署中有人患病，請來一個老醫生診治，順帶提起這件奇案，老醫生聽了，問道：「那婦人的嘴是尖的嗎？」高夢說問：「爲何這樣問？」老醫生起初不肯說，再三詢問才吐露實情：「青城山四周有些村子，村中婦女多會與蛇交配，生下的女兒就都是尖嘴，陰戶中會長個像似蛇信的舌頭。當她們行房到高潮，蛇信有時會伸出來，一旦鑽入男子的陰莖中，男子就會立即脫陽至死。」高夢說聽了，非常驚駭，仍不太相信。老醫生又說：「本地有個巫婆，能把春藥塞進這種女人的陰道，讓她發情，蛇舌自然會伸出來。那個婦人是否如此，一試便知。」高夢說就按照老醫生所言，找來一個巫婆檢驗婦人，蛇信果然伸了出來，案子總算水落石出。高夢說便寫公文呈告提刑司，提刑司又按照這個方法再驗一遍，終於洗脫婦人罪名，將她釋放。

鴞鳥

長山[1]楊令，性奇貪。康熙乙亥[2]間，西塞用兵[3]，市民間騾馬運糧。楊假此搜括，地方頭畜一空。周村[4]為商賈所集，趁墟[5]者車馬輻輳[6]。楊率健丁悉篡奪之，不下數百餘頭。四方估客，無處控告。時諸令皆以公務在省。適益都[7]令董、萊蕪[8]令范、新城[9]令孫，會集旅舍。有山西二商，迎門號訴，蓋有健騾四頭，俱被搶掠，道遠失業[10]，不能歸，哀求諸公為緩頰[11]也。三公憐其情，許之。遂共詣楊。楊治具相款。酒既行，眾言來意。楊不聽。眾言之益切。楊舉酒促釂[12]以亂之，曰：「某有一令[13]，不能者罰。須一天上、一地下、一古人，左右問所執何物，口道何詞，隨問答之。」便倡[14]云：「天上有月輪，地下有崑崙[15]，有一古人劉伯倫[16]。左問所執何物，答云：『手執酒杯。』右問口道何詞，答云：『道是酒杯之外不須提。』」范公云：「天上有廣寒宮，地下有乾清宮[17]，有一古人姜太公[18]。手執釣魚竿，道是『願者上鉤』[19]。」孫云：「天上有天河，地下有黃河，有一古人是蕭何[20]。手執一本大清律，道是『贓官贓吏』。」楊有慚色，沉吟久之，曰：「某又有之。天上有靈山[21]，地下有泰山，有一古人是寒山[22]。手執一帚，道是『各人自掃門前雪』。」眾相視腆然。忽一少年傲岸而入，袍服華整，舉手作禮。共挽坐，酌以大斗。少年笑曰：「酒且勿飲。聞諸公雅令，願獻芻蕘[23]。」眾請之。少年曰：「天上有玉帝，地下有皇帝，有一古人洪武朱皇帝[24]。手執三尺劍，道是『貪官剝皮』[25]。」眾大笑。楊恚罵曰：「何處狂

生敢爾！」命隸執之。少年躍登几上，化為鴝[26]，沖簾飛出，集庭樹間，四顧室中，作笑聲。主人擊之，且飛且笑而去。

異史氏曰：「市馬之役[27]，諸大令健畜盈庭者十之七，而千百為群，作騾馬賈者，長山外不數數[28]見也。聖明天子愛惜民力，取一物必償其值，焉知奉行者流毒若此哉！鴝所至，人最厭其笑，兒女共唾之，以為不祥。此一笑，則何異于鳳鳴哉！」

1 長山：地名，今山東省鄒平縣。

2 康熙乙亥：康熙乙亥三十四（西元一六九五年）年。

3 西塞用兵：指朝廷征討噶爾丹的戰役，後來噶爾丹兵敗自殺身亡。西塞，西部邊境。

4 周村：今山東省淄博市周村區。

5 趁墟：趕集。墟，指市集、廟會等集市。

6 車馬輻輳：形容車馬雲集，路上十分擁擠。輻輳，讀作「福湊」，形容人群聚集稠密。

7 益都：古代縣名，今山東省青州市。

8 萊蕪：今山東省萊蕪縣。

9 新城：今山東省桓臺縣。

10 失業：丟失財物、貨品。

11 緩頰：替人求情或婉轉勸說。

12 釂：讀作「叫」，一飲而盡，俗稱「乾杯」。

13 令：酒令，宴飲時勸人飲酒所玩的一種遊戲。推一人發號施令，餘下的人聽令輪流吟詩作詞或進行其他遊戲，輸者喝酒作為懲罰。

14 倡：帶頭示範。

15 崑崙：崑崙山，傳說為西王母所居之地。

16 劉伯倫：劉伶，字伯倫，西晉沛國（今安徽省宿縣）人。嗜酒如命，常乘坐鹿車飲酒，命人拿荷鍤尾隨在後，說若是醉死就把他埋葬了。與阮籍、嵇康等六人為好友，世稱竹林七賢。

17 乾清宮：在北京故宮保和殿後，建於明成祖永樂十八年（西元一四二〇年），是皇帝召見大臣與宴請諸王的處所。

18 姜太公：即姜子牙，姓姜，因初封在呂，又以呂為氏，名尚，字子牙。輔佐周武王伐紂有功，封於齊。

19 願者上鉤：相傳姜子牙釣魚不用於餌。明葉良表《分金記．強徒奪節》：「自古道，姜太公釣魚，願者上鉤。不願，怎強得他？」

20 蕭何：沛縣（今江蘇省沛縣）人。生於西元前二五七年，卒於西元前一九三年。輔佐漢高祖劉邦平定天下，是漢代開國功臣之一。他慧眼識韓信，向劉邦推薦韓信，韓信因此受到重用。最後也是因為蕭何向呂后獻策，韓信才被殺身亡，所以有一句俗諺叫「成也蕭何，敗也蕭何。」蕭何被封爵酇侯，高祖死後，輔佐惠帝即位，惠帝二年（西元前一九三年）七月逝世，諡號「文

終」。
21 靈山：神話傳說中仙人居住的地方。
22 寒山：唐代宗大歷年間的僧人，隱居始豐縣（今浙江省天臺縣）寒巖，自號寒山子。
23 芻蕘：讀作「除饒」，借指樵夫，也用來比喻見聞淺薄的人。後引申為謙稱自己作品或主張的自謙之詞。
24 洪武朱皇帝：即明太祖朱元璋，明濠州（今安徽省鳳陽縣東）人，生於西元一三二八年，卒於西元一三九八年。年幼時曾出家當和尚，後來投靠郭子興的紅巾軍，加入反抗元朝的行列。郭子興死後，他受到諸位將領擁戴，自立為吳王，消滅元朝後建立明朝，即帝位為太祖，年號洪武，建都應天，在位三十一年崩，卒諡高皇帝。
25 貪官剝皮：朱元璋為了懲罰貪官所制定的刑罰，將貪贓六十兩以上的官員梟首示眾，剝皮束草，懸於官府座旁。
26 鴞：讀作「蕭」，貓頭鷹。
27 市馬之役：指朝廷向民間收購騾馬以征討噶爾丹的事。
28 數數：次數很多。

白話翻譯

山東長山有個姓楊的縣令，為人非常貪心。康熙乙亥年間，朝廷討伐噶爾丹，大量購買民間的騾馬運送軍糧，楊縣令藉此大肆搜刮百姓的財物與牲口。有很多商人在周村做買賣，每逢趕集的時候，車馬眾多，楊縣令便率領壯丁，將這些騾馬全部搶來，一共搶了一百多頭，各地商人皆控訴無門。當時山東各縣縣令都因公務聚集在省城裡，益都縣的董縣令、萊蕪縣的范縣令和新城縣的孫縣令住在同一間客棧，兩個山西商人跑到客棧門口控訴。這兩個商人有四頭健壯的騾子，全被楊縣令搶走了，他們離鄉背井，丟失盤纏，貨品又被搶走，無法返鄉，懇求諸位大人幫忙求情。這三位大人同情他們的遭遇，答應替他們解決此事，於是一起去拜訪楊縣令。楊縣令準備酒宴款待三位大人，宴席上，三位大人將事情經過說了一遍，請楊縣令把騾子歸還給兩位商人。楊縣令不肯答應，三位大人苦苦相勸，楊縣令舉杯勸酒，想要轉移話題，說：「我有一個酒令，對不上的人要罰喝酒。這個酒令必須說一個天上的東西，一個地下的東西，還要說個古人的名字。左右分問手裡拿什麼東西，口裡說什麼話，且要隨問隨答。」他自己先示範一遍，說：「天上有個月輪，地下有個崑崙，有個古人叫劉伯倫。左問手拿什麼東西，答：『手執酒杯。』右問口裡說什麼話，說：『道是酒杯之外不須提。』」范縣令接答：「天上有廣寒宮，地下有乾清官，有個古人叫姜太公。手持釣魚桿，說是『願者上鉤』。」孫縣令說：「天上有條銀河，地下有條黃河，有個古人叫蕭何，手拿一本《大清律》，說是『贓官贓吏』。」楊縣令一聽，面露羞愧之色，他沉思了一會兒又說：「我又想到一個：天上有座靈山，地下有座泰山，有個古人叫寒山。手裡拿把掃帚，說是『各人自掃門前雪』。」三人互視，都感到不好意思。

忽然，一個高傲不群的少年走了進來，他的衣著華麗整齊，向四人施禮。眾人請他坐下，拿大酒杯給他喝，少年笑道：「先別急著喝酒吧。聽到各位大人正在行酒令，我也來獻醜。」大家請他講，少年說：「天上有玉帝，地下有皇帝，有個古人是洪武朱皇帝，他手持三尺劍，說是『貪官剝皮』。」眾人聽了都開懷大笑。楊縣令大怒罵道：「哪裡來的狂徒！竟敢如此無禮！」命官差把他抓起來。少年竟縱身一躍，跳到桌子上，變成了一隻貓頭鷹，衝開門簾飛了

出去。他落到院中一棵樹上，回顧室內對屋裡發出笑聲。主人家繼續拿東西打，貓頭鷹只是笑著飛走了。

記下奇聞異事的作者如是說：「征討噶爾丹的朝廷向民間收購騾馬，各地縣令都趁機中飽私囊，在自家馬槽養滿牲口的，十個當中就有七個。但千百成群販買騾馬的，除了長白山外，卻寥寥無幾；聖明的天子愛惜百姓，向人民徵收東西必定會付錢。誰知執行的貪官污吏竟如此殘害百姓！貓頭鷹所到之處，人們最討厭聽到牠的笑聲，覺得不吉利，這次的笑聲卻與鳳凰鳴叫的祥兆相差無幾啊！」

古瓶

淄邑北村井涸，村人甲、乙縋[1]入淘之。掘尺餘，得髑髏[2]。誤破之，口含黃金，喜納腰橐[3]。復掘，又得髑髏六七枚。悉破之，無金。其旁有磁瓶二、銅器一。器大可合抱，重數十斤，側有雙環，不知何用，斑駮陸離[4]。瓶亦古，非近款。既出井，甲、乙皆死。移時乙蘇，曰：「我乃漢人。遭新莽之亂[5]，全家投井中。適有少金，因內口中，實非含斂之物[6]，人人都有也。奈何遍碎頭顱？情殊可恨！」◆眾香楮[7]共祝之，許為殯葬，乙乃愈；甲則不能復生矣。

顏鎮[8]孫生聞其異，購銅器而去。袁孝廉宣四[9]得一瓶，可驗陰晴：見有一點潤處，初如粟米，漸闊漸滿，未幾雨至；潤退，則雲開天霽。其一入張秀才家，可志朔望[10]：朔則黑點起如豆，與日俱長；望則一瓶遍滿；既望，又以次而退，至晦[11]則復其初。以埋土中久，瓶口有小石黏口上，刷剔不可下。敲去之，石落而口微缺，亦一憾事。浸花其中，落花結實，與在樹者無異云。

◆**但明倫評點：**自漢至此遠矣，乃因少金納口中，而累及他人遍碎頭顱，固村人之貪愚，亦足以見懷璧者之足以賈害，而用寶器以殉葬者，適以自詒伊戚也。

由漢代到清代相距甚遠，只因有人將些許黃金放在口中，就連累他人的頭骨被打得粉碎。這固然是村中之人的貪心愚癡，也足以見證匹夫無罪，懷璧其罪之害，而以珍寶殉葬的人，禍患則是由自己招致而來的呀。

1縋：讀作「墜」，以繩索懸綁物體使之下墜。
2髑髏：讀作「讀樓」，即骷髏，人死後的骸骨。
3橐：讀作「陀」，袋子。
4班駁陸離：顏色錯綜相雜。
5新莽之亂：王莽，生於西元前四十五年，卒於西元二十三年，字巨君，魏郡元城貴鄉（今河北邯鄲大名縣東）人。漢平帝時擔任大司馬，獨攬朝政，弒平帝，立孺子嬰，自號攝黃帝。不久竄漢自立為帝，改國號新，在位十五年。
6含斂之物：古代葬禮祭儀之一，放在死人口中的金玉珠寶等物。
7香楮：冥紙。此處當動詞用，指焚燒冥紙祭拜。楮，讀作「楚」。
8顏鎮：顏神鎮，今山東省青州市西南。
9袁孝廉宣四：袁藩，號宣四，淄川縣人。康熙二年（西元一六六三年）舉人。
10朔望：指月圓月缺，朔日和望日，農曆每月的初一和十五。
11晦：農曆每月最後一天。

白話翻譯

淄川縣城北的某個村子，有一口井水乾枯了。村中有某甲、某乙二人垂下繩子到井中去淘泥沙。他們挖了一尺深後，發現一具骷髏，一不小心把骷髏弄破，發現它嘴裡竟含著黃金。兩人很高興地把金子放到錢袋裡，繼續往下挖井，又挖出六七具骷髏。兩人想得到骷髏口中所含的黃金，就把這些骷髏全部打破，卻什麼也找不到，只剩旁邊有兩個瓷瓶、一件銅器。銅器很巨大，要用兩手才能合抱，重達數十斤，兩側有拉環，不知是做什麼用的，上面的綠鏽顏色錯雜。瓷瓶也是古時候留下的，不是當代最新的款式。

某甲、某乙出井後，雙雙死亡了。不久，某乙甦醒過來，開口說：「我是漢代人，遭逢王

古瓶
玉花深護漢時瓶鬱
鬱千秋得地靈朔
望陰晴都可驗
勝他測日
與占星

葬之亂，全家人投井而死，正好有點黃金，就含在口中，並非斂葬的物品，每個人都有，爲何把頭骨全都打碎？實在可恨！」大家就焚香燒紙禱告，並許諾將重新安葬，某乙才痊癒，某甲卻再也無法復生了。

顏神鎮的孫生聽說了這件怪事，把銅器買下。孝廉袁宣四則得到一個瓷瓶，此瓷瓶可預測天氣陰晴：瓷瓶上有一點濕潤的地方，最初像米粒般大，若逐漸擴大至整個瓶身，不久就會下雨；濕潤之處逐漸減退，則雲霧漸散，天氣晴朗。另一個瓷瓶被張秀才家得到，具有記載日期的功能。每月初一，瓶上冒出一個黑點，日漸增多；到了十五日，黑點布滿瓶身；過了十五，黑點又逐漸減少，到了月底最後一天，黑點全部消失，恢復如初。瓷瓶埋在土裡久了，有顆小石粒黏在瓶口處，如何剔刷都弄不下來，用工具去敲，小石子才掉落，瓶口卻也缺了一塊，實是一樁憾事。把花插在瓶中泡滿水，花落以後就會結出果實，和在樹上所長出的一般無二。

元少先生

韓元少[1]先生為諸生時，有吏突至，白主人欲延作師，而殊無名刺[2]。問其家閥[3]，含糊對之。束帛緘贄[4]，儀禮優渥。先生許之，約期而去。至日，果以輿來。迤邐[5]而往，道路皆所未經。忽睹殿閣，下車入，氣象類藩邸[6]。既就館，酒炙紛羅，勸客自進，並無主人。筵既撤，則公子出拜；年十五六，姿表秀異。展禮罷，趨就他舍，請業[7]始至師所。

公子甚慧，聞義輒通。先生以不知家世，頗懷疑悶。館有二僮給役[8]，私詰之，皆不對。問：「主人何在？」答以事忙。先生求導窺之，僮不可。屢求之，乃導至一處，聞拷楚聲。自門隙目注之，見一王者坐殿上，階下劍樹刀山，皆冥中事。大駭。方將卻步，內已知之，因罷政[9]，叱退諸鬼，疾呼僮。僮變色曰：「我為先生，禍及身矣！」戰惕奔入。王者怒曰：「何敢引人私窺！」即以巨鞭重笞訖。乃召先生入，曰：「所以不見者，以幽明異路。今已知之，勢難再聚。」因贈束金[10]使行。曰：「君天下第一人，但坎壈[11]未盡耳。」使青衣[12]捉騎送之。先生疑身已死，青衣曰：「何得便爾！先生食御[13]一切，置自俗間，非冥中物也。」既歸，坎坷數年，中會[14]、狀[15]，其言皆驗。◆

◆何守奇評點：韓宗伯曾為鬼師，亦所未聞。

韓宗伯曾經在閻王府做老師，這樁事還真是從未聽說。

1 韓元少：韓菼（讀作「毯」），字元少，號慕廬，長洲（今江蘇省蘇州市吳中區）人。康熙十二年（西元一六七三年）會試、殿試皆榜首。官至禮部尚書。著有《有懷堂詩文稿》。

2 刺：拜帖。古代在竹簡上刻上姓名，作為拜見的名帖。

3 家閥：家世門第。

4 束帛緘贄：聘請老師所送的禮物。束帛，五匹帛為一束。贄，讀作「至」，見面禮，此指酬勞或贈送的物品。緘贄，指封好的禮物。

5 迤邐：讀作「以里」，連續曲折的樣子。

6 藩邸：藩王的府邸，形容建築與主人家的雍容氣派。

7 請業：向老師請教學業上的問題。

8 給役：聽憑主人差遣辦事。

9 罷政：停止處理公事。

10 束金：即「束脩」，送給老師的酬金。

11 坎壈：抑鬱不得志。壈，讀作「覽」。

12 青衣：原指奴婢僕人，此指衙門官差。

13 食御：吃的食物與使用的物品。

14 會：會元，會試第一名稱會元。

15 狀：狀元。殿試分三甲，一甲的第一名為狀元。

白話翻譯

韓元少先生還是秀才時，一天突然有個官差上門，說他的主人想聘請他爲老師，但沒有遞上拜帖。問他主人的家世門第，官差也是含糊其詞應付過去。聘請老師的禮物很豐厚，韓先生就允諾了，官差與他約定好日期便離去。到了約定的時間，果然有車子來接，一路曲折連綿而行，走的路都是前所未見。忽然樓臺殿閣出現眼前，看起來像是藩王的府邸，韓先生下車進入，到了書館，僕人呈上豐盛的酒菜，讓客人自己食用，但仍未見到主人。撤宴後，公子就出來拜見韓先生，年約十五、六歲，儀表堂堂，他向韓先生施禮完畢，又走開去其他房舍，請教學業時才到老師的住所。公子聰明絕頂，對於韓先生的講解，一點就通。韓先生因爲對他的家

元少先生

元少先生讚
早馳文章學
闈魁當時曲江
未登櫻桃宴且
作冥中童子師

世一無所知，心中疑惑納悶。書館中有兩名僕役供他差遣，韓先生便私下打探公子身世，他們卻一概不回答。韓先生問：「你家主人在哪裡？」僕役回答：「主人公事繁忙。」韓先生求他們帶他去偷窺主人，僕役說不行；韓先生再三懇求，僕役才勉強答應，領韓先生到達一個處所，聽到鞭打拷問之聲。韓先生從門縫窺視，只見一個王者坐在大殿上，下方盡是劍樹刀山，都是陰司地府裡的景象。韓先生驚駭至極，正想退後，已經驚動裡面的人。閻王放下公事，喝退眾鬼，急忙呼喚僕役，僕役臉色大變，說：「我們為了先生，惹禍上身了！」戰戰兢兢地跑了進去，聽見閻王發怒說：「你怎敢帶人到這裡偷窺？」用巨鞭重重鞭打僕役，又叫韓先生進去，說：「我之所以避而不見，是因為陰陽兩隔，互不相通。既然你已知道實情，我們無法再相聚了。」就贈送酬金讓韓先生回家，並說：「你是天下第一人，只可惜還有苦難還沒受完。」派官差牽著坐騎送他返回陽間。韓先生懷疑自己早就死了，官差說：「怎麼可能呢！先生的吃穿用度都是來自陽世，並非陰間的東西。」返回陽世後，韓先生歷經數年窮途潦倒，後來才接連中了會元、狀元，閻王的預言果然都應驗了。

（卷十二未完，請見下冊）

參考書目

王邦雄，《莊子內七篇‧外秋水‧雜天下的現代解讀》（台北：遠流出版社，2013 年 5 月）
王邦雄等著，《中國哲學史》（台北：里仁書局，2006 年 9 月）
牟宗三，《中國哲學十九講》（台北：台灣學生書局，1999 年 9 月）
馬積高、黃鈞主編，《中國古代文學史 1-4 冊》（台北：萬卷樓圖書股份有限公司，2003 年）
張友鶴，《聊齋誌異會校會注會評本》（台北：里仁書局，1991 年 9 月）
郭慶藩，《莊子集釋》（台北：天工出版社，1989 年）
樓宇烈，《王弼集校釋‧老子指略》（台北：華正書局，1992 年 12 月）
盧源淡注譯，蒲松齡原著，《聊齋志異》（新北市：台科大圖書股份有限公司，2015 年 3 月）
何明鳳，〈《聊齋誌異》中的「異史氏曰」與評論〉，《文史雜誌》2011 年第 4 期
馮藝超，〈《子不語》正、續二書中殭屍故事初探〉，《東華漢學》第 6 期，2007 年 12 月，頁 189-222
楊清惠，〈論《聊齋志異》王士禎評點的小說敘事觀〉，《彰化師大國文學誌》第 29 期，2014 年 12 月
楊廣敏、張學豔，〈近三十年《聊齋志異》評點研究綜述〉，《蒲松齡研究》2009 年第 4 期
邱黃海，《從「任勢為治」說的形成論韓非思想的蛻變》，國立中央大學哲學研究所博士論文，2007 年 7 月

電子工具書

中央研究院漢籍電子文獻 https://hanji.sinica.edu.tw/
百度百科 http://baike.baidu.com/
佛光大辭典 https://www.fgs.org.tw/fgs_book/fgs_drser.aspx
教育部重編國語辭典修訂本 http://dict.revised.moe.edu.tw/cbdic/
教育部異體字字典 http://dict.variants.moe.edu.tw/
漢語大辭典 http://www.guoxuedashi.net/
維基百科 https://zh.wikipedia.org/zh-tw/

好讀出版　圖說經典45

聊齋志異十四：萬物有靈

填寫線上讀者回函
請掃描 QRCODE

原　　著／(清)蒲松齡
編　　撰／曾珮琦
繪　　圖／尤淑瑜
總 編 輯／鄧茵茵
文字編輯／林泳誼、簡綺淇
美術編輯／王廷芬、許志忠
圖片整輯／鄧語葶

發 行 所／好讀出版有限公司
台中市407西屯區工業30路1號
台中市407西屯區大有街13號（編輯部）
TEL:04-23157795　FAX:04-23144188
http://howdo.morningstar.com.tw
(如對本書編輯或內容有意見，請來電或上網告訴我們)
法律顧問／陳思成律師

讀者服務專線：(02)23672044 / (04)23595819#212
讀者傳真專線：(02)23635741 / (04)23595493
讀者專用信箱：service@morningstar.com.tw
晨星網路書店：http://www.morningstar.com.tw
郵政劃撥：15060393（知己圖書股份有限公司）
如需詳細出版書目、訂書，歡迎洽詢

初版／西元2024年04月15日
定價／299元
ISBN 978-986-178-713-8
如有破損或裝訂錯誤，請寄回台中市407工業區30路1號更換（好讀倉儲部收）

國家圖書館出版品預行編目資料

聊齋志異十四：萬物有靈／(清)蒲松齡原著；曾珮琦編撰 —— 初版 ——
臺中市：好讀出版有限公司，2024.04
面：　公分 ——（圖說經典；45）
ISBN　978-986-178-713-8（平裝）
857.27　　113002811